旅行，

随安而遇

段砚／著

北京出版集团公司

北京出版社

图书在版编目（CIP）数据

旅行，随安而遇 / 段砚著. — 北京 ：北京出版社，
2017.3
ISBN 978-7-200-12817-8

Ⅰ．①旅… Ⅱ．①段… Ⅲ．①游记—作品集—中国—
当代 Ⅳ．①I267.4

中国版本图书馆 CIP 数据核字（2017）第 003601 号

旅行，随安而遇
LÜXING, SUI AN ER YU
段砚 著

出　　版：北京出版集团公司
　　　　　北京出版社
地　　址：北京北三环中路 6 号
邮　　编：100120
网　　址：www.bph.com.cn
总 发 行：北京出版集团公司
版　　次：2017 年 3 月第 1 版第 1 次印刷
印　　刷：北京天颖印刷有限公司
开　　本：889 毫米 × 1194 毫米　1/32
印　　张：7
字　　数：140 千字
书　　号：ISBN 978-7-200-12817-8
定　　价：39.80 元
如有印装质量问题，由本社负责调换
质量监督电话：010 - 58572393

与你想要成为的美好相遇……

Contents
目录

Part1 其实还不懂日本

Part2 情迷法兰西

Part3 生活在别处

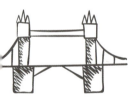

Part4　好旅行不高冷

世外桃源——法国埃兹

【序一】午后树荫下

一转眼，认识段砚，居然超过 13 年了。13 年足以改变许多人，尤其是女性，从大学女生变成职场新人，再变成业界精英，或是全职太太。能将女性清新纯真气质一直延续下来的人，非常少。

人生种种，如同清流淌过石阶，漫过泥泞，被洪峰冲击，日益浑浊。这一切变化，都无法遮掩地体现在眼神里。任再昂贵眼霜，或先进整容技术，都无法改变。段砚的眼神，是清澈的，带着孩子气的。在这个网红当道的年代，尤其珍贵。和她交谈，言之有物，总能感受到她内心的小火焰，那是一种女性少有的能坚持下来的力量。

这年头，许多人都说自己热爱旅行。过去 10 年，由于我所有假期都花在出境自助旅行上，因此遇到过各式各样的"旅游达人"。我渐渐发觉，他们中的许多人，并不是真的热爱旅行。

有的热爱的是朋友圈，如果没有网络发朋友圈定位，他们会无比焦虑，因为那等于他们没有去过那里；有的热爱的是炫耀的感觉，尤其是有陌生人在的场合，必定会自己开启话题，讲述已重复无数遍的过往；还有的热爱的是打卡，决不去一个国家两次，能去五个城市，决不只去三个，热门地标景点，一个都不能少，哪怕起早贪黑，90% 的时间都耗在交通工具上。

说到底，他们爱的是境外旅行带来的虚荣感。一次欧洲旅行带给他们的满足感，和一个名牌包带来的，并无两样。所以，必须出街示人，必须拿到人前高谈阔论，不然旅行就没了意思，钱都白花了。

在湛蓝的海边，他们忙着拍照，脚趾头不曾沾染一滴美丽的海水，更别谈潜入海底，探索未知世界了。在森林里，他们考虑的是，怎么把这个路边的树根搬回去，再找个老师傅雕一雕，摆在客厅里当纪念品。面对丛林探险，他们毫无好奇心、激情和勇气。

这些年，每当我挑战蹦极、跳伞、潜水、滑雪、飞索等活动归来，身边无数旅行爱好者都会说，自己下次肯定要挑战自我，体验精彩人生。但真正去做的人，寥寥无几。

然而，段砚不同。她从不夸下海口，一定要怎样怎样，但她是真心对这个世界充满了好奇，无论是潜水还是丛林飞跃，她都勇于尝试。要知道她可是温柔甜美的小女生啊，平时穿碎花全棉裙子的，不像我"英姿飒爽"，都是衬衫牛仔裤，做这些事很顺理成章。

那么多五尺男儿，拍着胸口许下豪言壮语，临阵却退缩得比谁都快，但段砚这个娇小女孩，却总能一往无前。对她来说，旅行是生命精彩的体验，绝不是无聊日常生活的装饰品。这是一个人生充满无尽可能的女孩子。

除了勇气和力量，段砚还拥有自己独到的品位。高支棉的舒适，午后红茶的懒洋洋，古堡香槟的芬芳……这些生活的小精彩，全部体现在她的字里行间，一切扑面而来，令人感同身受，如同身临其境。这所有的美好，就如同段砚的笑容，见到你的那一瞬，甜美绽放，清澈动人。

文如其人，人如其文，这是一本犹如春风拂面的书，在午后树荫下，不忍释卷。

张庆

【序二】段姑娘，段砚

认识段姑娘不过三四年光阴，彼此倒有不少的分享和交集。她算是我的一位小友，眼光高，品味好，思想和为人处事的成熟度丝毫不亚于很多年长者，常常令人高看一眼，厚爱三分，屡次被人夸情商高。

段姑娘利用自己的年假和积蓄，走了不少地方，所到之处的见识和见闻常常分享给我听。数个下午茶时间，我都听得津津有味，身未动，心已远。印象最深的是年初，段姑娘刚从美国旅行归来，着鸽灰色大衣，神采奕奕，兴奋地细述在美国的种种殊遇……那次，因为聊得开心，自助餐吃得很少，只有眼前小火锅的腾腾热气，与那窗外，一场期待的雪。

常常感慨于段姑娘身上满满的正能量和好奇心，我想，在她的脚步踏过的旅途中，她定是寻到了人生该有的美好模样吧。旅行，往往不是旅行本身，而是一个人的心性所在。你是什么样的人，眼里看到的便是什么样的人生风景。段姑娘有勇气，用旅途去诠释自己看世界的角度，诠释她所相遇的那些美好。有些东西，相信了才会看得到。

2014年，有幸跟段姑娘一起出行过一次。仅仅是一次，就令我记忆深刻。她随身带着便携熨斗，轻薄衣物数套，睡前把第二天要穿的衣服熨好挂好，根据要去的地方搭配适宜的衣物，基本是一天一身，决不马虎。我随便说说记住的几个搭配：黑色印花丝绸的改良宽松及膝旗袍，搭配红珊瑚珠链，复古优雅；朱红皱褶中长袍，中袖，很女人味；灰色一字领中长款裙，清简余味；铅灰印花真丝背心长裙，外配朱灰色开襟长衫，走路有小风……简洁妩媚，易于打理，那次旅行基本就是一个审美聚会。她，已然成了风景的一部分。走在风里，情怀无限。顺便说一句，她的衣物大多是自己设计的简洁样式，请裁缝制作，非大牌，可适合她，便成了独一无二的好。这个世界，恰到好处最是聪明。她的旅行某种意义上就是她眼里的风景和视角，明月清风，为我所用。周国平曾这样说，世上每个人都有自己的位置，只是很多人让它空着，他们忙着找别的东西去了。段姑娘是聪明人，她找到了最适宜的位置。

段姑娘年纪轻轻，行动力却超强。记得一次，我们闲聊到一个话题，她古灵精怪、充满创意地说：想组织一场"美好姐"聚会，就是把一些年长却活得有滋有味的女人组织起来，喝个下午茶，相互分享学习。我们聊到这个话题时是周三，而次周周三她就把这个想法变成了现实。说实话，又令我佩服之至。我记得，白岩松曾在工作之余创办东西联大，实现自己的新闻教育梦想，他的校训就是"与其抱怨，不如改变；想要改变，必须行动"。段姑娘的行动力也让她的梦想一一实现。好姑娘，并不多言，只用行动。

段姑娘的口头禅是"与有营养的人交朋友"，她很善于学习，而且要命地谦虚，我相信她未来的路会越来越宽。写书只是她的梦想之一，祝贺她。段姑娘，加油！

子沫

【自序】你也可以周游世界，过你想要的生活

有时跟不同的人聊天，我会随机做个小调查，问大家：人生的梦想清单有哪些？几乎 99% 的人会提到：环游世界！还有 1% 的人回答：不是在旅游，就是在去旅游的路上。

我不知道，多少人最终能梦想成真，没等我猜测，99% 的人接着会说："等我有了时间，就去周游世界"，"等我有了钱，就去旅行"。通常，他们永远挤不出时间，钱永远不够用。

身为一名普通上班族，我不奢望环游世界，只是每到法定公休假期，我会出门自助旅行。从参加工作到现在，10 多年间，我几乎走遍了中国所有省份，并深度游过日本、法国、英国、意大利、澳大利亚、美国等 20 多个国家。

我希望，年轻的时候，多去发达的地方，看看那里的人们怎样生活，思考自己又该怎样生活。当旅行到了一定阶段，再去南极、北极这些比较有特色的地方，感受世界的奇妙。等人生有了一定积累，经济基础、社会阅历、个人能量都足够的时候，我想，我会去那些贫困落后的地方看看，给需要帮助的当地人提供一些有意义的帮助。

我还记得，第一次出境游去东京，最平凡的住处、最日常的进餐与优雅温良的陌生人，给予了我感知美好生活的启蒙；到法国过新年，在巴黎左岸租了间带厨房的公寓，像当地人一样逛露天市场，自己买菜、做饭；在英国伦敦，巧遇女王登基 60 周年钻禧庆典阅兵游行，看到女王一家出现在白金汉宫那个著名的阳台上，向我们围观的人群挥手致意；到意大利，看威尼斯双年展，寻找心中的翡冷翠，拥有属于自己的罗马假日；到澳大利亚最知名的葡萄酒庄吃年夜饭；到新加坡全球最高的空中无边泳池游泳……

如我所愿，当我在有限的假期，陆续到我向往的地方时，我发现，自己正一步步走向理想中的生活。我亲眼见到无数有趣的人、美妙的事，脑洞和眼界大开，对于自己想要什么，能够得到什么，有了清楚的认识，知道旅行归来，每一天该如何度过。

2014 年我开通微信公众号：段砚叹旅行，撰写自己的旅行经历。读者纷纷问我："你怎么有那么多钱和时间旅行？"我就写了篇《旅行的时间和钱从哪里来》回应，没想到，此文引起广泛的关注，众多公众号和媒体要求转载。我没有想到自己平实的经历，竟能引起这么多人共鸣。现在此书得以出版，很大程度上，也是源自原创分享带来的机缘。

也有很多素未谋面的读者给我留言说，喜欢我的生活态度和旅行方式，希望有机会和我一起去旅行。在朋友们的鼓励下，我开始尝试和志趣相投的读者结伴旅行。这个世界上，真的有无数我想要遇见的人，心有灵犀地走进我的生活中。他们对我毫不设防的信任、包容和理解，让原本极其怕麻烦的我，勇于折腾，把心中一闪而过的某些念头折腾成现实。

很多对我说"我好羡慕你"的人，其实比我有钱有时间得多，只是旅行这件事，对他们而言，热爱的程度，还没有强烈到他们愿意付出行动力。

一直觉得，旅行，没什么值得人羡慕的，不旅行的人也可以生活得很好。

如果你真的热爱旅行，无论何时出发都不晚。如果你不爱旅行，听从内心，做自己真正热爱的事，坚持下去，一样能过上与理想匹配的生活。

平凡如我，尚能敢于尝试；聪慧如你，没有什么不可以。

段砚

Part1

其实还不懂日本

第 一 次 游 东 京

　　2009 年夏天，我第一次出境游去日本。那时日本还没对中国内地游客开放自由行，我买到一家旅行网的东京自由行产品，跟团出入关，游览自由行，一句日语也不会的我，在东京毫无障碍地闯荡了 4 天。

第一次游东京，住在远离闹市的成田，温馨质朴的居所，在这个异域他乡，温暖包围着我

　　踏上东京的土地，我被这座城市的轨道交通系统深深感动。无论 JR 还是地铁，出发和抵达时刻都精确到分钟，从凌晨到深夜，差不多每 3 分钟一班，分秒不差地到达途中各站。大多数站名是汉字，或其中夹杂着汉字，同时附带清晰的英文标识。每条线路的列车都有自己的标志色，比如，环行市中心的 JR 山手线是黄绿色的，即使是个文盲，只要不是色盲，沿着车站地上黄绿色线条走，就可找到 JR 山手线站台，根本不用担心不懂日语搭错车。

　　每个车站入口都有问询窗口，可随时求助，工作人员和往来路人都会热心帮忙，有些路人还会坚持带你到达目的地。我在上野站转JR山手线时，在车站口没看到黄绿色指示牌。问旁边两个正在交谈的日本中年女人，对方不光听懂了我说的英语，热心指了路，还坚持把我带到山手线入口，才放心地回头走开。

之前也曾担心日本人对中国人有偏见，到了日本，才发现这种担心实在有些多余。至少，从一个游客的角度来看，我接触到的老中青日本人都非常友好。

东京的公共交通车厢内，安静得几乎听不到声音。穿简约纯棉衣衫、玻璃丝袜的中年女人在看书，红唇细眉、表情安详恬淡的老妇人在闭目养神，睫毛卷翘浓密得可以托起寿司的少女在听音乐，穿米色风衣围黑色细格子围巾的男子在看报……这一幕，让我莫名地心生感动：该是有如何深厚的人文素养，才能托起如此恬适美好的平民光景?!

在摩天大厦密如丛林的东京大都市，轻易就能找到公园和美术馆，这些场

明治神宫，穿白色衣衫系橙色发带的"巫女"从身边飘过

所一点也不冷清。午餐时分，白领们在公园里吃便当，女生的便当盒子用好看的碎花布包着，跟她们的妆容一样精致。我受启发，在路边摊买了章鱼丸子和大麦茶，坐在明治神宫的大树下吃。就着美景用餐的那一刻，竟忽觉恍若隔世：原来，连吃饭都可以吃得如此宜人与惬意。

在东京森美术馆，遇见的看客多是老年和中年女子。很多老妇人身着简洁朴素的衣衫，涂着鲜艳的口红，静默娴雅地与艺术作品相对而立。我喜欢这样干净温婉的日本老妇人，她们身上有种时光沉淀的底气和活力，是我希望看到的自己满头白发时的样子。

在商店买东西，逢遇下雨，收银员会在牛皮纸购物袋上套一层塑料防雨膜再递给我，其间流露的简单而不经意的善意，常常会让我感动良久，在异国清冷的雨日里备感温暖。

在东京，干净就不必说了，卫生间几乎闻不到臭味，并备有足够的卷纸，坐便器还带有恒温自动"臀部洗净"功能，像上野站那样人流如织的中转站，明治神宫那样热门景点小山坡上的公厕，都是干干净净、设施完好的。

三毛说，每次刚到一个国家的时候，她第一要看的是公共厕所，第二要看的是大菜场。"因为公共厕所代表这个国家最基本的公共道德和教育水平"，而"消费，是从大菜场看来的"。"日本的厕所，连手摸地都是清洁的"，这是三毛的评价。

一个城市的小小厕所已是如此贴心，那么其他地方又能坏到哪里去呢？

短暂的东京之行，深深影响了我的"三观"，也是从这次旅行开始，我决定每年假期都要出境游，去接触这个世界上原本我们应该经历的各种美好。

关 西 偶 遇 的 人 和 事

时隔 5 年，2014 年我所在的城市开通了直飞大阪航线，日本也早已对中国内地游客开放自由行签证，同年夏天，我再次前往日本度假。

从大阪关西国际机场入境，见到的第一个日本人，是在海关口负责引导游客填入境表的一位老先生，他头发花白，笑容可掬，说一口流利中文，让我忍不住多看他两眼。在他的疏导下，中国游客有条不紊地过关。记得 2009 年第一次去日本时，在东京成田机场，没有主动用中文交流的工作人员，这回在大阪过关，已随处有人提供中文服务。

从机场出来，先前联系好的随行专车司机，已在停车场等候，也是一位笑容可掬的日本老先生，白衣黑裤，干净清爽。他手脚麻利地接过我和同伴们的行李，整齐摆放到行李厢，并贴心地在车门前放了一个小凳子，方便大家上下车。他全程陪同我们 9 天，每天准时准点接送我们。每次上车前，他都会默默地在车门口放好凳子，然后站在门边，等大家都上车了，再把凳子收好，上来开车。我们从早到晚，东游西逛，上车下车，他就不停地重复放凳子收凳子的动作，毫无倦怠。

我们沿日本纪伊半岛而行，在和歌山一个海边杂货店，同行的朋友买了冰淇淋和李子，离开时，老板娘追出来，送给我们一盒水蜜桃。听说我们从中国远道而来，她特意拿出当地特产水果，免费请大家品尝。其实，那盒桃子的价格高过我

关西韵致

小窗红叶图：关西偶遇的人与事，并不多，然而却如同这石间望到的一角景致一样，温暖、静好（摄影：王菁）

们购买物品的价格。老板娘笑眯眯地把桃子塞到我们会说日语的朋友手中，那时，她的名字——江崎百美，印在了我的心里。

后来到京都清水寺一带闲逛，我在偶遇的一家陶器店买了一套精致餐具，朋友看到我的"战利品"也进去逛。我接着去了别家，过了好半天，收到朋友发来的微信，她激动地跟我说："今天碰到的收银员人太好了。"她买完东西忘了拿收据，收银员追出来，走了好远的路找她，因为收据是可以退货的凭证。那是一条热闹的商业街，游客川流不息，找一个陌生人，真不是件容易的事。朋友说，收银员找到她的时候，长吁了一口气，说："终于找到你了。"

在吉野山的旅馆前台，我碰到一个日本美女住客，30多岁的样子，干净温婉，清丽脱俗，身为女性的我第一眼也对她生出无限好感，我用手机悄悄拍下了她的背影。我发现，在日本很少碰到肥胖的、浓妆艳抹的中年女子，上了年纪的女人，大多身材匀称，面相温和从容。看在眼里，颇为愉悦。不知道是她们的饮食清淡不易使人发胖，还是性情开朗相由心生，抑或是她们年轻时都花精力投入在自我修养上，到了一定年龄，就散发出如此独特的迷人魅力？

旅途中，令我无法忘记的，常常不是风景，而是这样的一些人和事。一切没有任何刻意，却长久地印在了心里。

日本街头风姿婀娜的中年女性

京都清水寺边朝日陶庵

露天风吕如此宜人

去日本旅行，很多人会到富士山、箱根或北海道泡温泉，我是个不爱凑热闹的人，第一次体验日本温泉，是在鲜有耳闻的和歌山。

和歌山位于日本纪伊半岛西南面，与大阪府、奈良县接壤，朝向太平洋。

和歌山圆月岛

这里有长约650千米的海岸线、纪念中日交流第一使者的徐福公园以及被列入《世界遗产名录》的熊野古道，我和同伴却是奔着日本名汤胜地——和歌山白浜温泉小镇而来。

到达和歌山第一晚，观赏圆月岛落日晚霞后，我们住在白浜小镇的一家和风温泉旅馆。旅馆不大，典型的日式小屋，简约干净。进门，大堂玄关处设有两面整齐的鞋柜，放着男女用的皮拖鞋，住客需换鞋才能入内；房间是我一直想住的榻榻米，进去得脱鞋；卫生间、洗浴室门口，另外放着专用拖鞋。日本

露天风吕

人对生活细节的讲究，由此可见一斑。

日本温泉旅馆倡导的度假方式通常是"一泊二食"，即住一晚享用早晚两餐。我们的晚餐是铁板和牛及刺身御膳，由于纪伊半岛盛产橘子、梅子，是日本的"水果王国"，我们还品尝了甘醇香浓的橘子汁，并点了梅子酒佐餐，吃不惯生鱼片的几个同伴也开怀畅饮，均曰佳酿。

酒足饭饱，出旅馆沿着海滨小道散步至镇中心，闻潮息，听蝉鸣，望星空。同行的一个作家姐姐说，她是个喜欢被氛围喂饱的女人。我想那一刻，她一定觉得连呼吸都是浪漫的吧。

说了半天，我们还没有一亲温泉的芳泽，姐妹们有些心照不宣地拖延着时间。

"听说日本人泡温泉一丝不挂，裸泡？"

"是的。"

"还有些地方男女混浴？"

"是的，这在日本很正常。"

"穿泳装行不行？"

"没有人穿泳装。"

……

大家七嘴八舌地回到旅馆，都是见过世面的文明人，那么，就入乡随俗吧。

温泉池在旅馆院子里，是户外温泉，就是日本人说的"露天风吕"。在日文中，"风吕"即泡汤的意思。

进入泡汤区，首先要沐浴净身。浴室里贴心摆放着品类繁多的洗面奶、洗发液、沐浴露、浴盐等洗护用品，每个水龙头下，都放着一个小凳子和小脸盆，供客人坐着冲洗。每样公用物品都非常干净，让人可以放心大胆地使用。室内人不多，大家神态自若地在那儿脱衣、沐浴。原本想到如此袒露相对，应该会有些局促不安，但看到日本女人如此旁若无人，我们几个保守的中国女士也瞬间释怀了。

洗净全身，走到室外温泉池浸泡。竹栅栏院墙围着小小的汤池，池内泉水潺潺，映衬着繁星点点，环境清幽雅致。而且，男汤和女汤隔开，根本不在一个院落里。汤屋门口贴着公告：等到早上，旅馆做完清洁，会将男汤和女汤位置对调。

在温泉池浸泡过后，再入室内冷水槽暂浸，使毛孔收缩，最后出浴将身体擦洗干净。更衣室周到齐全地放置着吹风机、棉签、爽肤水、保湿乳等，供客人随意取用，跟在家里一样方便自在。

露天风吕初体验，让同行的姐妹们都惊呼过瘾。

第二天，前往那智胜浦面朝大海的和风温泉旅馆，继续享受泡汤之乐。

这家旅馆比之前那家规模大得多，设计和配套更精致，坐在房间阳台上可观一线海景。温泉池在一棵大大的棕

街边足浴

榈树下，前庭还有供客人随时沐足的足汤池。旅馆大堂有个开放式衣柜，放着花色和尺码各异的干净和服浴衣，客人可以挑选适合自己的衣服换上。

到那智胜浦街头晃悠，意外发现路边也建有足汤屋，免费供行人沐足，足汤池水干净至极，有几个当地人安静地坐在里面泡脚，我们也脱鞋体验了一番。日本温泉文化，不单是泡澡、桑拿、SPA 放松，这样的街头"足汤"，在温泉胜地大街小巷并不少见。

露天风吕一般建在山里、海边等自然风景优美的地方，大致分为三类：看山、观海、望月。档次不一定要多奢华，依山傍海搭一木棚，于棚下露天风吕中，观日出日落、看翠绿青山、望满天星云，亦可沾酒临风。人就这样浸泡其中，静对自然，净化身心。

遵循这个思路，在日本的露天风吕，我们望过月，观过海，第三天就是看山了。从和歌山西南到东南，沿太平洋而行，自新宫转折北上，沿熊野川行驶，经过 4 小时的山路盘桓，抵达吉野町。建于山岩边被日本第 96 代天皇临幸过的和风旅馆，静静地等着我们到来……

雅致的和风布置

清幽处的露天风吕

吉 野 山 —— 最 意 外 的 惊 喜

　　吉野山在奈良县境内，其地理位置南接和歌山县，北连京都府。其实，我向往的目的地是京都，对于吉野山，起初只是当作前往京都的一个中转站。不过，当车子在山间古道盘桓了4个多小时，黄昏时分到达吉野山时，却收获了最意外的惊喜。

　　干净古朴的日式庭院前，笑容满面的几个女将，恭候已久，迅速上前接过行李，引导我们进屋。

　　屋内灯光柔和，摆设雅致，迎面而立的一整面落地玻璃幕墙，正对连绵青山，坐在室内，窗外美景，一览无余。

　　山上皆是樱花树和枫树，春来樱花烂漫，秋季红叶璀璨，美不胜收。600多年前，日本第96代天皇因受权臣迫害从京都逃到吉野山，建立南朝，在山中设立行宫吉水神社，随之建三井寺。我们入住的温泉旅馆，位于南朝天皇从行宫去三井寺参诣的途中，当年天皇时常在此歇脚沐浴，汤屋因此盛名远扬。

　　旅馆准备了我期待已久的怀石料理。于是沐浴净身，穿上旅馆提供的和服浴衣，来到餐室。侍者将房门拉开的那一瞬间，我和朋友们忍不住"哇"了一声。

下榻的和风旅馆

　　餐室是榻榻米的，空间宽敞，脱鞋才能入内。我们一共8人进餐，8套餐桌一边4套，整齐相对，摆成两排；墙角放着一架钢琴；从宽大通透的玻璃窗望出去，群山绿树就在眼前……记得美食家蔡澜先生说

日本第96代天皇南朝行宫

过，怀石料理的精神，是一定要有个幽美的环境，坐在榻榻米上慢慢体会才行。

我们每人面前有一个托盘，用一张印着水墨画的和纸覆盖着。揭开，前菜已经盛上来，精美的木漆餐盘和陶瓷碗碟，分别装着开胃小菜、生鱼片、鲜虾、豆腐和盖着木盖子的火锅煮物，锅底也用漂亮的和纸铺垫。

每样食物摆盘，都极其讲究，宛如一件件艺术品。

衣着整洁、面相和善的老妇人，将菜一道道端上来，从前菜、鱼生到味噌汤、

榻榻米餐室，亦可品茶谈天观景

烧烤、主菜、米饭、甜点……我粗略算了一下有 14 道，程序之繁复，一点不亚于法国大餐。

虽然每样分量不多，口味都很清淡，但是道数太多，一顿吃下来还是难免剩余。"怀石"一说，据说最初来自寺庙，源于长期少食的僧人坐禅时抱暖石

在怀中以抵制饥饿。想到其本意，真有种暴殄天物的罪恶感。不过，花漫长时间从容进餐，那种赏心悦目的审美仪式感，却是我无比喜欢的。

饭后到旅馆外散步，当地人家和商铺均已关门闭户，卖陶瓷器皿工艺品的人家，瓶瓶罐罐，不加任何防备地散放在门口，民心向古的淳朴感就这样浓浓包围了我。

古老街巷两旁，汤屋木屋林立，昏黄灯光，温暖人心。步行很长一段距离，

旅馆内随处可见和风小物

走到路尽头，望见山谷深处，有人在放烟花，五彩缤纷，划过寂静夜空。

赏过山中夜景，返回旅馆泡汤。之前两晚在和歌山体验过的露天风吕，已经够令人兴奋，而这家建在山崖边的汤屋，无论自然风光还是硬件配套，都更胜一筹。

小小汤池，最多能容三两友人。"清风明月独自赏，山清水秀任我游"，

从老街岔道口，沿着这条幽长的小路拾阶而上，可直达＂吉水神社＂

"芳魂庵"抹茶店

"清风明月独自赏"的汤池

那种私密畅快的享受,不身临其境,真无法与外人道也!

次日清晨,我和同室的姐妹又早起到露天风吕浸泡一番,迎朝阳、看青山、闻泉声……心旷神怡至极。姑娘们完全入乡随俗,神情自若,互相打趣,眼前一片实景,堪比法国写实派画家安格尔的"浴女图"。

吉野山带给人的感受太过愉悦,以至于我们临时改变了原计划去奈良的行程,多花了一上午,在吉野町逗留。街上几乎见不到行人,也没有旅行团出现。我和朋友们走在宁静的老街上,逛和风小店、茶庵、酒家,参观吉水神社、金峰山寺藏王堂……领略日本传统建筑和百姓日常生活的风雅与美感,并相约秋季重返此地看红叶。

这样静谧美妙的所在,真心值得反复前往。

京 都 散 步

艺伎们走在花见小路上

京都是关西的灵魂，这座底蕴深厚的城，棋盘般的街道上，随处散落着的寺庙、庭院，动辄成百上千年历史。

初次去京都，只有三天时间停留，我没有匆匆赶路，而是选了三座最有名的寺院及其周边小路，慢慢转悠。

在清水寺一带，清水坂、三年坂、二年坂、宁宁之道、石塀小路，勾勒出了这里古韵悠长的江户风情。顺着清幽狭窄的小巷、高高低低的石阶，于鳞次栉比的旧町家老店铺间走过，便能一路感知清水烧、京扇子、和果子、旅馆食肆这些亘古风物中裹携着的美的熏陶。

京都人仿佛都是天生的生活美学家，每家每户的家居布局、日常物件的色彩配搭，都简约、雅致，极尽精巧唯美之能事。

老街主干道古香古色，游人川流不息；沿路岔道口数不清的小巷，走进去，别有洞天。密密麻麻的老宅庭院和露天茶座，丝毫闻不到商业区的气息，如同世外桃源般地存在着。

参观完清水寺，我被巷子口一个摆着精美陶艺器皿的小弄堂吸引，好奇地往里走，穿过小天井花园，发现是家出售清水烧的商店，店铺藏在大树后头，树下摆着供客人休息的长椅，进屋就像来到了有着好品位的朋友家，茶杯、盘子、碗、花瓶……诸多式样雅致的居家用品，错落有序地摆放在木架上，供人

1 闹中取静的石塀小路
2 哲学之道，因京都大学教授、哲学家西田几多郎生前常在此散步而得名
3 法然院，颇有古诗"曲径通幽处，禅房花木深"的韵味
4 日本画家竹内栖凤曾经的宅邸

随意挑选。

　　每样东西都好看极了，我不假思索地选了一只碗、一个咖啡杯、两个茶杯、一套餐盘，心想：以后每天喝水吃饭，都有美的容器相伴，实在是笔划算的投资。结账时，收银员将每件物品分开来，认真包装，并将设计师的简历及作品说明一同放置进去。于是，我知道了选购的这套可爱器皿是粉引草花文，出自1997年毕业于京都精华大学、举办过多次陶艺个展的山本敦子之手。想想，我的生活就这样跟一个日本艺术家发生了联系，实乃妙趣横生。

　　购完物，转身发现屋后有一个小庭院，供人喝茶歇脚，再往里走，还有个陶艺体验工房，低调地隐匿在院墙石阶下，无意邂逅，却让人想要长久驻足。索性就在这个不被游人打扰的院落里，度过整个午后时光。

漫步二年坂，感受京都的气息

金阁寺，让人不禁想起三岛由纪夫的同名著作，如画景致，过目难忘

清水寺周边的小茶屋，让人想要把时间抛撒在这里

银阁寺，至简至素，清净幽雅

　　银阁寺附近的哲学之道，是京都另一处以适合散步出名的迷人小路。路两边种满樱花和枫树，中间一条小溪潺潺流过。每年春秋两季，这里会被从世界各地蜂拥而至的游客挤得水泄不通。在某一个夏日的午后，我来到了这里，浓荫笼罩的步道，竟完全没有拥挤与喧嚣，唯见树影斑驳。

　　曲折漫长的石板窄道，沿途尽是开在百年民居里的茶屋、咖啡馆、精品小店，门上垂挂着麻布暖帘，门前小黑板手书着店家招牌，看起来虽有些门庭冷落，推门而入，却格外暖心，每一间都被精心打理过，看一眼就不想轻易离开。

　　那天下午，同行的朋友们赶着去看祇园祭，我一个人留在哲学之道的小咖啡馆喝茶等人，小店就我一个顾客，坐在大玻璃窗前看书、发呆，听上了年纪的店主人闲聊，感受当地人最家常的生活片段。

　　这也是我在旅途中最乐意看见的情景——当地人在怎样生活，他们的谈吐和举止，他们的表情和衣着，他们为何能不动声色地打动人……由此观照自身，让旅行归来的每一天，也能活成自己欣赏的样子。

巷陌深处的料理店

旅行，随安而遇

见 过 好 的 生 活 ， 会 更 懂 得 如 何 过 好 生 活

28

从日本休假回来，同行的朋友们都留言感叹"心好像遗落在那里了"。

有的在用从京都买回的铁壶和清水烧杯子泡茶饮茶，忙碌的生活由此平添了些温馨情调；有的亲手制作海鲜大餐，特意配上薄荷叶和樱桃精心摆盘，使一顿家常的晚餐像艺术品一样令人赏心悦目……她们说，这些都是旅行"后遗症"，得回去把遗落在那个精致国度的心捡拾回来。

我见势煽动她们在通往"精致"的道路上一路狂奔，再也不要回去了。虽是玩笑话，却是我最想表达的感受。这也是好的旅行带给我的体会，我总是偏执地认为，见过好的生活，会更懂得如何过好生活。

这句话说出来有点绕口，也许会引来一些误解和歧义。什么样的生活是好的生活？跟什么样的旅行是好的旅行一样，标准因人而异。

我所认为的好生活，即衣食住行干净、美好、有质感；待人接物友善、真诚、好沟通。无关金钱的多少，只在自己能力范围内，足够用心。

如果只能靠咸菜度日，咸菜也可以吃得很美

记得多年前我第一次去日本，住在东京成田机场附近一个小酒店，离市区很远，环境设施也是当地最普通的，住进去的第一个早晨醒来，到酒店餐厅吃早餐，满目漂亮的餐具，让我惊呆了：

米饭用好看的蓝色花纹瓷碗装着，晶莹剔透的白米粒上撒了几颗黑芝麻，味噌汤盛在黑色木漆碗中，黑漆碗盖上描着红花朵，放水果的餐盘配着银质刀叉……这不过是一间经济酒店随房费附赠的一份早餐，并没有因为廉价而粗糙。

那个精致美好的早晨深深地印在了我的脑海里，并影响了我以后的生活。回家后，我开始用好看的杯子喝水、用好看的碗和筷子吃饭，给家里买好看的电饭煲、开水壶和桌布……我并没有因购买好看的日用品增加开支而败家，而被美的东西包围时，那种微小的幸福感却是前所未有的。

很多时候，好看和难看，差别不是价钱，而是眼光。好的眼光需要好的熏陶。

京都锦市场缤纷的渍菜

就如同让人"美得想哭"的有马温泉怀石料理，其实最打动我的不过是一盘开胃小菜：一片黄瓜、两块红萝卜、一勺泡菜，这些简单的食物用色彩搭配得恰到好处的精美小碟子盛着，让人备感心意。看到它们的那一刻，我在想，如果有一天，生活只能靠咸菜度日，咸菜也可以吃得这么美。

并不是只有水晶灯大理石，才能装点房间

我喜欢的美好居所，不要求是星级酒店或是标榜豪华、奢华风格的度假村，它们看不出金钱的堆砌，价钱也不会高不可攀，但确是最贴近心灵的栖息地。现在，去一个陌生城市，我能快速地在眼花缭乱的订房网上，轻易找到这样一见倾心的酒店。不管它有几颗星，占地面积多少，有多少间客房，我都毫不关心。我只是凭感觉，判断出哪家很有质感，可能给人惊喜；哪家很庸常，完全

前台随意摆放的竹篮装饰

平淡无奇。这说不清道不明的感觉，来自这些年的不间断行走。体验多了，自然会灵敏地嗅出什么和自己"臭味相投"。

在日本神户有马温泉选择住的那家古老旅馆，当初我预订时，就仅仅因为它是深受日本唯美派文学大师谷崎润一郎钟爱的旅馆。到了当地，谷崎润一郎的品位没有让人失望，同行的朋友们都喜欢得不得了。细节之美，无处不在。就连旅馆房间的 Wi-Fi 密码，都印刷成扇子的形状，用木框装裱起来，像幅画一样摆在茶几上。

在京都，我们住的酒店墙上有个铁框，中间插着一朵鲜花。那铁框像极了学校和单位食堂司空见惯的托盘，却因为一朵花的插入，顿时有了无限生机和创意感，而且花朵是可以随时更换的，给人不同的视觉享受。我的同伴们赞叹不已，随之迸发出生活的灵感：自己在家也可以动手做一个这样的"花瓶"，即使没钱买鲜花，在水杯里插辣椒、插蒜苗、插芹菜……也不失为一道风景。

插辣椒的瓶子

并不是只有水晶灯大理石才能装点我们的房间。只要用心，朴实简单的物什也能美得让人心醉！

美好见闻会化作能量，成就更好的自己

跟参观著名景点相比，旅途中，我更喜欢观察当地人和当地人的生活：他们穿什么样的衣服，他们如何对待陌生人，他们工作时脸上有怎样的表情……这些观察无须刻意花时间，在酒店、餐厅、商场、街头巷尾，只要留心，随时都会有收获。

在有马的温泉旅馆，我们认识了一个会说中文的服务员。小姑娘在餐厅工作，见我们不懂日语，每上一道菜，都殷勤地给我们翻译。见她汉语和日语切换自如，我们好奇地询问她是哪里人。她告诉我们，她来自内蒙古，在日本留学后，就在当地工作了。我们问她工作开心吗，她忙点头，一脸认真地答："开

鞠躬道别的画面（摄影：王菁）

心"，并主动申请下班后免费给我们当向导，带我们到街上逛逛。

我们以为小姑娘只是随口说说，也不想麻烦她，吃完饭就自行上街了。没想到走了一会儿，小姑娘真的突然出现在我们面前。

途中，小姑娘遇到同事会互相鞠躬问候，接着她的同事又向我们鞠躬问好，再鞠躬道别。不过是当地人司空见惯的日常礼仪，当我参与其间的互动时，内心却有种特别受人尊重的感觉，也因此特别想彬彬有礼地待人。

我和同伴们有个不约而同的感受，旅行时，我们使用"谢谢""对不起""抱歉"这些词汇的频率格外高，看到谁都先微笑，不会跟车辆、行人抢道，在公共场合不会大声喧哗……我们都喜欢这样绅士淑女的自己。

见过的美好的人和事物，让我们明白了什么是自己想做的，什么是自己想要的。这些储存在记忆深处的旅行片段，会潜移默化地化作一股能量，帮我们成就更好的自己。

在伊豆半岛探寻人文情致

　　如果说这是一次任性的旅行，那么，我愿意一直这么任性下去。2015 年春天，我再次游日本，这一次，我没走寻常路，将旅游团队扎堆的热门观光地统统甩在了脑后，执意前往日本文学大师们钟爱的伊豆半岛，在那里度过了几天清幽宁静的时光。

　　"俊秀的天城山，茂密的树林，清冽的甘泉……南伊豆是小阳春天气，一尘不染，晶莹剔透，实在美极了。在浴池下方上涨的小河，承受着暖融融的阳光。"这是川端康成笔下的伊豆，也是夏目簌石、井上靖、若山牧水、梶井基次郎等文人雅士钟爱的温泉乡。

　　因为那本著名的《伊豆的舞女》，在旅程第一站，我预订了川端康成曾多次造访过的汤岛落合楼村上温泉旅馆。旅馆建于明治七年（1874 年），共有 15 间客房，是一座历经 100 多年历史，依旧保存完好的日式传统建筑，如今被列为日本有形文化财产。淀野隆三、尾崎士郎、宇野千代、北原白秋等作家诗人都在此居住过。

　　榻榻米房间，木质家具和门窗，和式陈设，素雅古朴中散发着岁月沉淀的温润感觉。房门对着庭院，卧室面朝山泉溪谷，晚上可枕着哗哗流水声入眠，白天可坐在阳台上，边泡足浴边看湍溪淌流，听虫鸣鸟唱，欣赏无人惊扰的自然交响曲。此外，屋内还辟有一方充满禅意的围棋室。

　　一泊二食，一期一会。进门时，女侍者送上的煎茶和果子，用写有诗句的粉色和纸包裹着，盛放在古青色的陶磁纹花托盘中，并配以同色典雅刀具，一下温柔击中我的心。之后的旅馆怀石料理更是将美的感观体验推向了极致。精致的怀石料理是要就着安静宜人的风景吃的，旅馆为我们准备了专属餐室。我们还在国内时，旅馆就提前给我打过电话，询问有没有忌口，虽然不是第一次吃怀石料理，如此用心周到的服务，还是第一次遇到。去用餐时，看到自己的名字被郑重其事地用毛笔字写在门口，有种说不出的感动。

　　精致碟碗，盛着时令美味，每餐的容器和食物都不重样：杜鹃花配刺身，

1 杜鹃花配刺身
2 樱花叶包饭团
3 鲜虾天妇罗配鳕鱼，自成一幅画
4 日本白米饭配清甜渍物

樱花叶包饭团，鲜虾天妇罗配鳕鱼，日本白米饭配清甜渍物等，口感用完美形容，一点都不夸张。餐后甜点是当季水果，用玻璃杯盛放，杯底镶着青花瓷，简简单单，美得动人。

温泉旅馆，温泉自然值得一提。相比这几年先后在关西白浜温泉小镇、吉野山、有马温泉泡过的露天风吕，落合楼的露天风吕"天狗之汤"，又是另一番风情：汤池在岩石洞穴中，细竹篱作屏障，清幽私密，抬眼即是遮天蔽地的绿荫。

落河楼村上温泉旅馆旁有条长长汤道，临溪谷蜿蜒而生，据说当年旅居汤岛的作家们，常常在这里散步思考，寻找创作灵感。川端康成就是在不远处的汤本馆，执笔写下了《伊豆的舞女》。

　　住在这样的地方，根本不需要赶景点，因为四周皆是景。

　　伊豆不同于古城京都、奈良，是真正的乡下，游客稀少，走在路上本地人也少见。我们租了一辆车，一路随行。以汤岛住处为圆心，以《伊豆的舞女》故事发生地修善寺温泉小镇为半径，不慌不忙，走走停停。穿行竹林小径，跟当地人一起坐在街头泡足汤，在天城山踊子步道，寻找伊豆舞女的足迹。

　　抛开文艺情结，伊豆最吸引我的，是当地人日常生活的各种细节之美。山野小径、庭院屋舍，处处鲜花盛开。樱花虽已凋谢，杜鹃、紫藤、野菊、马蹄莲、灯笼花、绣球花……却恣意绽放。旅馆、餐厅、杂货铺，进门就能看见姿

无处不在的插花

态优美的插花，皆是就地取材，随手插就。

　　在这里，门廊、走道、卧室、餐厅、咖啡座、楼梯拐角、卫生间，鲜花无处不在，一地一花，一日一换，极简极美。不知道你有没有过"没有钱怎么享受人生"的困惑，旅行教给我的答案是：美的享受，不一定需要金钱堆砌。如果有心，用这些唾手可得的花花草草装点我们的生活，日子也会立马变得有情有趣。

　　在伊豆的后两天，我们去了热海。伊豆半岛处处有温泉，山间有，海边也有。热海是东伊豆门户，也是日本著名的温泉胜地。

　　我们下榻的地方在德川家康曾亲临泡汤的石亭旅馆，房间是独栋日式别墅，带私人日式庭院，在院子里可远眺大海。同行的朋友进门都点赞，问我怎

么找到这样的地方的？是不是以前来过？我有些小小得意地回答：凭我多年住好酒店的经验。

我理解的"好"，不是有几颗星或者设施有多么奢华，而是有品位、有质感、有氛围，能给人美的回忆和熏陶。

旅途中，我可以不逛商场不进免税店，但不会错过住心仪的居所、品当地最有特色的食物。在石亭旅馆，有热海远近驰名的经典海鲜料理。侍者直接将料理送到我们房间且人手一份毛笔小楷手书菜单，满满的仪式感和菜品一样令人心动：刺身搭配紫苏叶、紫罗兰，肥而不腻；黑毛和牛，放在岩盐板上，现烤现吃，入口即化，滋味鲜甜。虽说众口难调，这顿大餐，让同行的朋友齐赞叹："每一道菜都无可挑剔。"吃完，慢慢饮壶茶，踩着木屐，穿过石灯初上的庭院，去露天风吕泡汤，实是不枉此行。

要问我热海哪里最好玩，我说不出具体的一二。相比其他国家活色生香的沿海城市，热海明显沉闷有余，活力不足。然而，总有那么一些超越了景致本身的、说不清道不明的情愫，在深深吸引着我。我想，那就是人文情怀吧。

令我过目不忘的，是旅馆、餐厅、超市或高速收费站那些工作着的干净麻利的老人：从伊豆前往热海途中，荞麦面馆为我们点餐上菜的阿婆；在 MOA 现代美术馆旁，穿着和服买菜的主妇；超市门口，从容歇脚的老奶奶……年华终究会老去，老成这个样子，也是一件悦己悦人的事。

就这样，在伊豆半岛，我们与一种完全不一样的人生不期而遇，邂逅了感我至深的人文情致。

伊豆怡然世外的生活

文人墨客的痕迹

Part2

情迷法兰西

巴 黎 情 结

　　海明威曾给巴黎写了一句煽情的"广告语"：如果你够幸运，年轻时去过巴黎，那么巴黎会一辈子跟随你。因为巴黎本身，是一场流动的盛宴。

　　对名人名言的迷信和长久以来的巴黎情结，最终促成了我和两个闺密的法国之行。2012年春节，我搭乘法航飞往巴黎度假，从此拉开了我与法国缘分的序幕。

街头店铺

巴黎歌剧院门口偶遇街头艺人

文艺地怀个旧

　　巴黎是不是很浪漫？巴黎有多文艺？巴黎人到底多时尚？回答这些问题，需要身临其境。

　　作为初来乍到的观光客，我未能免俗，逛著名景点成了头等大事。巴黎的地形，跟我在国内生活的城市武汉有点相似，一条塞纳河穿城而过，左岸和右岸由此诞生。圣母院在河中央西岱岛；卢浮宫、协和广场、香榭丽舍大街、凯旋门，在右岸紧紧相连；奥赛博物馆、埃菲尔铁塔，在左岸遥相呼应。这些城中"大地标"及郊外的凡尔赛宫等标准巴黎观光项目，我们都逐一造访。

　　走在各种旅游书中描述的浪漫的巴黎街头，很多瞬间会产生巴黎不过如此的念头。像香榭丽舍大街，那些密集的欧式老建筑，似乎并不新鲜，国内的一些老租界也有过。然而越用心感悟与挖掘，越会觉得巴黎的浪漫和文艺，其实都是刻入了骨子里、体现在最家常的衣食住行中的。

花神咖啡馆

　　我们租住的公寓就在巴黎左岸，也就是大家熟悉的拉丁区，这里是巴黎的文化和历史中心，也是老牌文艺区，电影《午夜巴黎》的主要取景地。海明威、萨特、波伏娃曾在拉丁区的咖啡馆写作会友；毕加索、左拉、凡·高在拉丁区度过了他们的愤青时代；玛格丽特·杜拉斯就住在离这儿仅仅几个街区的蒙巴纳斯……现在的巴黎已见不到他们的身影，然而他们曾经的存在，却给这里蒙上了一层浪漫朦胧的神秘面纱。

　　稍稍用心，便能悟出历史注入这座城市的人文底蕴。我们的住处，在当地算不得贵，却与巴黎人的日常生活最贴近，公寓有厨房可以自己做饭，还带一个小花园，楼下是拉丁区穆夫塔尔老街，餐厅、面包房、咖啡馆、甜品店，家家紧挨，索邦大学就在不远处。步行 15 分钟，即到巴黎人茶余饭后爱逛的卢森堡公园；步行 10 分钟，有我们熟悉的大超市、巴黎人气超旺的老字号药妆店；步行 5 分钟可达地铁 Place Monge 站。每逢周三、周日，站口小广场还有露天市集，售卖新鲜蔬果、鲜花、杂货。我们和当地人一样，买菜，做饭，迅速融入巴黎温馨家常的小日子。

　　渐渐地，我感知到的这个城市，满眼都是不装腔作势的文艺范儿。偶尔一瞥，地铁口侧身而出的年轻女子，穿着样式简洁的羊绒厚呢大衣、丝袜、平底鞋，独自前行；露天咖啡座，戴黑框眼镜、围格子围巾的中年男人，捧一本书，头也不抬；同样极简羊绒大衣裹身的老年人牵着狗从容溜达……原来浪漫的时尚，是可以融入血液中的。

这时才明白，初来乍到时对巴黎内涵的无知无觉，实在是吃了没文化的亏。比如，曾无限向往的卢浮宫，除了人人皆知的蒙娜丽莎、维纳斯、胜利女神，我能看懂来龙去脉的东西太少太少。一直觉得自己是印象派粉丝，到奥赛博物馆，面对凡·高、莫奈、塞尚真迹时，却一脸茫然。走在这些场馆，总能遇见法国老师带着一群小孩或老人，坐在地板上，轻言细语，低声讲解，写写画画，艺术完全融入了日常生活中。

为了培养接地气的文艺细胞，我们还特别留出时间，到圣日耳曼大街波伏娃爱去的花神咖啡馆喝 Espresso；到孚日广场雨果故居消磨时光；到蒙马特高地看《天使艾米丽》的女主人公工作过的双风车咖啡馆……虽然这些地方无一例外地早已沦为观光地，咖啡还比别处贵，可小说、电影、杂志传递给我们的这些巴黎情结，积压在心底太久，让我们宁愿被文艺割一刀，也心甘情愿去朝圣一番。

忘情地吃吃买买

法国从来不缺美食。在巴黎的日子，我和闺密食欲好得不像话，住的又是城中心拉丁区配套成熟、能自己做饭的公寓，我们几乎每天都从附近的超市拎一袋子食物回来，当天一扫而空。早晨从松软可口的羊角面包开始，晚上以香槟结束，三人花费不过十几欧元。

法国吃喝不算贵，外出就餐人均消费 12 欧元左右，跟国内环境相当的馆子没太大差别。一般红酒在超市卖两三欧元一瓶，5 欧元以上的，就定位在中高端了。相反，在法国吃中餐比较奢侈。

我们在外面吃的第一餐是在圣路易岛 Berthillon，它家因出品好吃的冰淇淋而闻名世界，也提供各种餐点。菜单递上来，我们瞠目结舌，密密麻麻的法文，没一个单词认识，只好乱点一通，端上来，全是冷盘，加上冰淇淋，吃得全身发抖，再次吃了"没文化"的亏。转头见隔壁桌，吃得正欢，大块肉和土豆，热气腾腾，厚着脸皮问人家吃的什么，被告知是rabbit（兔肉），要点formula（套餐）。被启蒙后，我们笃定地要formula，套餐除了前菜沙拉、鱼汤外，还包含兔肉、牛排、鸡腿、鸭胸、鹅肝，花样繁多，甜点有巧克力慕斯、焦糖布丁、苹果派，味蕾统统接纳。

等餐之余，侍者先奉一篮法棍上桌，开始我们还嫌棍子硬，后来棍子也吃

街头市集

得干干净净。以至于有一次，瘦高个的男侍者来收盘子，对我和闺密伸出大拇指，惊叹：Good！潜台词或许想说：这中国姑娘，个子娇小，胃口倒不输人啊。

能将以精致绝伦而著称的法餐吃得如此"饕餮"，我想，要不就是法国美食太诱人，要不就是我们太忘情了。

当然，身处贵为世界时尚之都的巴黎，也少不了购物环节。

我们的巴黎行程正赶上新年打折季，大名鼎鼎的老佛爷、春天百货，对折清仓，于是我们兴冲冲准备去"薅资本主义羊毛"，结果空手而归。东西好是真，奢侈品几乎比国内售价低一半是真，但折后于我，仍高不可攀。倒是目睹了中国游客团排长队血拼的盛况，赶紧逃出来，给土豪同胞们让道。

话说回来，那些LOGO夸张的大牌，就算价格再划算，我也没兴趣收入囊中。看看巴黎路人，放眼望去，似乎全城男女老少都在走简约低调路线，大家清一色呢子大衣、平底鞋，好品位是体现在材质、细节上的。

倒是碰到性价比超高的日用必需品时，我们绝对当仁不让。有一天，经过巴黎老字号药妆店Pharmacie Monge，看到一些人气超高的护肤品在以国内专柜价的5折左右出售，一群韩国女生在疯抢，我们也囤了些回来。

还有一天，逛巴士底露天古董市集时，遇到下雨，转道潮流小店云集的玛黑区，闯入欧舒丹专卖店避雨，店里的明星产品系列护手霜仅售5欧元，还有什么好犹豫的呢，买买买。不是太忘情，这类小东西，自己用好，当手信送姐妹淘也好。何乐而不为呢？

不为人知的小插曲

在巴黎的一周，我特意抽出一天时间，参观位于市郊的凡尔赛宫。购买门票时，想到来一趟不容易，贪心地买了凡尔赛宫和特里亚侬宫的游览套票。

参观完凡尔赛宫，去特里亚侬宫的路上，才知要步行很长时间。抵达目的地时天色已晚，馆内工作人员提醒，已临近闭馆时间，让我们在后花园转转。这一转，出来发现，花园大门紧锁，不见人烟。

我和同行的两个闺密分头找出口，找了半天没找到。天公也不作美，下起小雨，我们就这样被困在了黑漆漆阴森森的皇家花园。我们互相壮胆，想解决办法，其中一个闺密机智地想到门票导览手册上，有紧急求助电话，拨过去，很幸运，在这静谧荒野中，电话通了。大约两三分钟，一辆警车呼啸而来，一

凡尔赛宫

位严肃的警察大叔走出来，敲开铁门外一侧地下室的门，一位女值班人员跟出来，帮我们打开了铁门。

那位女士随后带我们看单独竖立在铁门内侧的一个铁柱子，告诉我们上面有自动门锁开关按钮，只要轻轻一按，门就开了。我们三个恨不能当场找个地缝钻进去，赶紧道歉，女士笑笑走了，警察随即离开。

夜间返回火车站的路途遥远，看到路过的车辆，招手求助，一个开爱丽舍的女士停了下来，让我们上车，说坐在副驾驶座上的小女儿看到了我们。这对好心的母女，把我们带到靠近火车站的大道上，我们才得以顺利返回巴黎。

这是我第一次在旅途中遭遇到小小不测，虽有惊无险，却让我学会了临危不乱。此后，无论在国外还是国内，遇到任何突发状况，我都会先冷静想办法，兵来将挡水来土掩。

过去，身边常有朋友问我，为什么我写的游记，觉得哪里都好玩，去哪里都一帆风顺，就没有出门在外被人鄙视翻白眼的事发生？

其实，我也曾迷路、坐过站、吃闭门羹、做错事……但这些都不是我要怨天尤人的理由，遇到事，冷静点，解决它；遇到人，有礼有节，不卑不亢；做错事的话，就主动承担自己应该承担的责任，有什么好担心哀怨的呢？我把这一切都当成旅行送给我的礼物，也因此乐此不疲地上路。

曾经看过一段关于女人为什么要读书的文字，"读再多的书，不过是回一座平凡的城，打一份平凡的工，嫁一个平凡的人。"旅行和读书一样，走再远的路，终究还是要回来，区别是：一样的工作不一样的心境，一样的家庭不一样的情趣，一样的孩子不一样的素养。

很多时候，我都觉得，在巴黎的这段时光，不管是文艺的熏陶，还是偶遇挫折后的感悟，真会一辈子跟随我……

Tips

◎签证：法国对中国开放个人游申根签证，在法国领事馆指定的签证受理中心网站注册，按要求递交申请表、护照等材料即可，提交的材料并非越多越好，关键是需按要求提交，所有材料均要翻译成英文或法文，可以上网找翻译范本。递交申请材料后，48小时就能出签。

◎语言：置身法国，无论说蹩脚的法语还是英语，都能畅行。多数法国人，通常会在先说两句法语后，主动改讲英语，亲切友好地提供各种帮助。就算一路上不问不说，去哪里，怎么换乘，机场、地铁站、火车站，均有清晰路标指引，语言不通并无多大障碍。

◎交通：抵达巴黎戴高乐机场后，可以办一张navigo卡（相当于国内公交一卡通），按周或月一次性充值，有效期内可无限次乘坐地铁、公交车等公共交通，方便至极。

◎住宿：巴黎酒店房价，每晚均在100欧元以上，几十欧元的青年旅馆和客栈，大多地段较偏。如果几人前往可以合租短租公寓，地段好，还能很好地体验当地人的生活。

在 法 国 住 古 堡

到法国住古堡，一直是我的心愿。法国让人心生向往的城堡，多集中在卢瓦尔河谷。

卢瓦尔河是法国第一大河。自9世纪起，法国王室贵族开始在最美丽的中游河谷兴建自己的城堡。如今这些城堡大多对公众开放，有些由私人继承或收购的城堡改走平民路线，供游客度假住宿。

2012年我第一次游法国，在巴黎停留一周后，便迎来了农历新年，大年初一至初三，希望隆重度过，于是，奔向了卢瓦尔河谷。

我们入住古堡的行程，要小小地嘚瑟一下——是自己开发的私家线路。当时中国大陆去卢瓦尔河谷自助旅行的人实在太少。制订行程时，网上根本找不到完整攻略，游记倒有一些，内容多半感性有余，信息量不足。我和闺密在国外订房网上，找到了卢瓦尔河谷中心城市图尔附近的扎岚莒城堡连锁酒店（Château de Jallanges），看过城堡照片、王室背景及高性价比的房价（三人间每晚200欧元，含早餐），我们按城堡官网提供的地址，直接发了预订邮件，并很快得到回复确认。寻找古堡的过程，全凭摸索。

大年初一，从巴黎奥斯特立兹火车站（Gare d'Austerlitz）出发，2小时后到达图尔。从火车站出来，正不知所措之际，遇到了一位气质儒雅的中国老先生，他和他的法国太太帮我们询问巴士乘车信息，得知没有去往城堡的巴士，又让车站工作人员给城堡打电话，还帮我们叫了出租车，如此辗转才得以顺利到达。

经过一条长长的私家林荫甬道，进入城堡大门，女管家已站在门口笑脸相迎了。显然，我们3个远到而来的中国姑娘，给了她一个大大的surprise。

Château de Jallanges是一座文艺复兴风格的古堡，红白相间的墙，灰顶，塔楼尖尖地伸向蓝天，城堡入口处嵌有一块白色小牌匾，述说着它的前世今生。1465年，它由国王路易十一建造，历经时代变迁，如今由Ferry-Balin家族接管经营。

推门而入，从吊灯到木地板到落地长窗，种种物件皆有一股悠长岁月的味道，仿佛时间可以就此凝固。那天，我们3个是古堡全部的客人。女管家给我们奉上欢迎茶点，一个男侍者过来给壁炉添了些柴火，然后悄然退出。整座城堡，此刻，属于我们。

古堡外边有一个碎石子铺成的院子，对面是成片的葡萄庄园，古堡有私家酒窖，到了夏天，想必一片芬芳吧。葡萄园旁边有一个湖，湖里住着彪悍的白天鹅一家。见到我们3个陌生的外国人，张开翅膀扑过来，我们还不知道怎么与天鹅相处，吓得落荒回屋。

我们所住房间的窗户正对着后花园，花园里开满不知名的小花，两匹马在树下悠闲地吃草，房间有古堡游玩手册，标示着古堡内可以骑马或坐四轮马车。入夜，窗外漆黑一片，万籁俱寂，只有月光和星光在头顶闪烁。美好，竟不能言说。

第二天清晨，女管家已为我们准备好丰盛的早餐，羊角面包、全麦面包、麦片、核桃、黄油、奶酪、草莓酱、提子酱、蜂蜜、酸奶、牛奶、水果沙拉、咖啡、茶、纯净水、橙汁、西柚汁、葡萄汁……长长一桌望过去，吃什么已不重要。一杯一碟，那个精致的态度，已让人生瞬间美好了许多。

卢瓦尔河被称为法国的母亲河，河流无比绵长，两岸不光有繁星般散落的法国皇家城堡，还有宁静迷人的乡村古镇，这里也是法国最大的白葡萄酒产区。假期有限，我们放弃酒庄及城堡巡游之类的念头，确定此行最大目的就是住古堡，顺带参观卢瓦尔河谷最具代表的两个城堡：最美的舍农索城堡（Château de Chenonceau）和最大的香波城堡（Château de Chambord）。

从图尔坐火车，到舍农索城堡，只需24分钟。

舍农索城堡，这个大名鼎鼎的卢瓦尔河水上城堡，左右两翼分跨在卢瓦尔河支流——谢尔河两岸，远远望去，城堡与水中倒影交相辉映，古堡内每个房间都能看到河水静静流过，最美城堡的名声也由此而来。

舍农索城堡

　　城堡的历任主人均为法国历史上有名的贵妇，从国王亨利二世的宠妃狄安娜·德·普瓦捷到王后卡特琳·德·梅迪西斯……再到 1913 年后的主人西蒙娜·梅尼埃，舍农索城堡载满 5 个世纪 6 个女人的八卦传奇。逛起来满满都是走在历史故事中的感觉。

　　舍农索城堡不提供住宿，不过，在城堡正对面，火车小站边，有个美丽的村庄，遍布带花园的酒店、客栈。当晚，我们住在村子里一家名叫 "La Maison de Famille" 的家庭旅馆，距离舍农索城堡 200 米，离达·芬奇最后的住所——昂布瓦斯镇克洛·吕斯城堡 12 千米。曾经住过城堡，对 90 欧元一晚的家庭旅馆并无多大期待，潜意识里，只是想离有故事的建筑和人更近些。

　　这家家庭旅馆却大大超乎了我预期，典型的法兰西乡村小屋，和善的房东太太和她的画家丈夫将家布置得温馨而有情调。院落入口处蜡梅盛开，屋前的大花园让人想到印象派的画。不，应该说整个村庄就像一幅印象派的画。

　　沿着村里蜿蜒的小坡道走，路上几乎看不到行人，空气清新温润，教堂、

香波城堡

学校、开满鲜花的小庭院，一草一物，都是美的。

大年初三，我们告别舍农索城堡，来到香波城堡。

香波城堡是 1519 年为国王弗朗索瓦一世兴建的狩猎行宫，共有 426 个房间，城堡内麻花状的双旋梯是最大看点。据说，两个各站一个楼梯段的人，通过内芯的门窗能看到彼此，却永远不会相遇，是国王为避免王后和他的情妇正面相遇而特地请达·芬奇设计的。

香波城堡之旅给我留下最美好印象的不仅仅是城堡，还有接送我们往返的出租车司机大叔，他开黑色奔驰，听古典音乐，讲话带纯正伦敦腔。这需要插播一段，从头说起。

香波城堡在卢瓦尔河谷小城布卢瓦（Blois）郊外，不像舍农索城堡就在火车小站边，交通虽便捷，但要几番周转。我们先坐火车从舍农索城堡到达圣皮尔（车程 17 分钟），再换乘火车到布卢瓦（车程 29 分钟）。原本夏季从布卢瓦火车站到达香波城堡的巴士，冬季取消，我们只能坐出租车往返。

在法国拦出租车，不像国内路边招手即停，得提前预约。我们到火车站对

香波城堡皇家森林

面，找到出租车服务站，正好当班的司机大叔英语流利，非常有诚意地告诉我们去香波城堡的时程及车费。我们上了大叔的车，干净的黑色奔驰，一路播放着古典轻音乐，闲聊中我们夸司机大叔英语说得好，他笑笑，说在英国生活过2年。大叔并不话痨，举止绅士，把我们送到目的地，又按约好的时间，准时出现，把我们载回布卢瓦。

车内弦乐低声流淌，车外是春天般绿意盎然的法兰西乡间冬日景致，车行至布卢瓦城中心，能看到卢瓦尔河穿城而过。大叔说如果你们时间允许，可以下车散散步，于是，我们就此告别。

想起朋友们经常询问途中有没有艳遇之类的问题，我想说，旅途中那些萍水相逢的热心的人、善良的人、优雅的人，会比艳遇带给你更美的回忆和触动。通过一个小城偶遇的出租车司机也可见法国人的品位修养。

遗憾时间匆匆，我们来不及好好欣赏布卢瓦和卢瓦尔河风光，就要踏上回程的路。

达·芬奇度过最后岁月的克洛·吕斯城堡、《丁丁历险记》阿道克船长的马林斯派克宫原型舍维尼堡……只能下次再见了。

探 访 蔚 蓝 海 岸 之 都 尼 斯

法国人将法国南部从马赛、戛纳、尼斯到与摩纳哥、意大利相连依傍地中海的区域，称为蔚蓝海岸，尼斯是其中最著名的度假城市，也是蔚蓝海岸交通枢纽和旅游集散地。

清晨，蓝到天际的海扑面而来

从巴黎戴高乐机场乘法航航班到尼斯，大约 1.5 小时。我们抵达时，已是晚上，从飞机上俯瞰尼斯，华灯璀璨，一片金光。

当晚入住的是丽笙布鲁酒店（Radisson Blu Hotel），在面朝大海的天使湾滨海大道上。第二天

梦境般唯美

清早醒来，推开阳台门，蓝到天际的海扑面而来，梦境般唯美。

太阳在海天相接处镶起一道金边，我逆着光，眯缝着眼睛低头张望，三三两两的游客，穿着 T 恤短裤在海岸边晨跑、骑行，四周宁静美好。

想起之前看过的一本书上说，野兽派画家马蒂斯曾在尼斯住了 2 周，雨下了整整 2 周，他决定离开的那天早晨，雨停了。他见到尼斯的阳光那一刻改变了主意，这一住就是 38 年，从中年一直住到晚年去世。同样痴迷尼斯的画家，还有夏加尔、雷诺阿、毕加索。尼斯的光与色，成为他们画作的灵感源泉。

我没有艺术家那般细腻的情怀，光凭这满目澄净湛蓝，第一眼便爱上了这个地方。尼斯的法文名是 Nice，和英语 nice（美好）发音不同，写法一样，我向接待我们的当地朋友表达对尼斯的喜爱时，对方回答："Nice is nice，yes"。

尼斯并不大，一天时间便可游览全城。

1 小城广场　2 蔚蓝海岸　3 尼斯图书馆　4 俯瞰天使湾

　　我们用最舒适慵懒的方式探访这座小城。上午搭乘观光小火车游览古城区，从海滨热闹的英国人散步大道出发，沿着尼斯老城、鲜花市场、马塞纳广场、游艇港口，最后到达观赏尼斯天使湾的最佳地点——城堡山丘。这条线路行程约50分钟，汇集了尼斯古城精华风貌，从城堡山丘往下眺望，月牙形蔚蓝色海岸线似乎一直延伸到世界尽头。

　　下午坐双层敞篷观光巴士，往相反方向绕一圈，尼斯全城概貌，了然于心。

　　回想特别之处，尼斯海滩全是石头滩，珍珠灰色的礁石，错落圆润，在上面铺块毯子，即可享受日光浴。尼斯老城完好保留着十七八世纪时的模样，巴洛克风格的教堂，童话般色彩明快的房屋、小巷、橱窗……每个细节都很耐看，尽可以乱走一气，随时准备遭遇惊喜。

置身街头，那种不淡定的兴奋感或许只有初来乍到时才会有。尼斯，让我印象最深的，是在这里第一次品尝到正宗法国南部海鲜大餐。品味美食的同时，也品味着法国生活的情调：

午餐是在海边的 Restaurant Le Bellanda 吃的，地中海风味餐，食材新鲜，搭配讲究。餐前沙拉让人胃口大开，番茄、花菜、黑橄榄，撒上橄榄油和罗勒等香菜，缤纷爽口。主食红酒烩牛肉，鲜嫩入味，烹饪火候恰到好处。

法国人吃饭总少不了佐餐酒，在香槟和红酒的觥筹交错间，我学会了一些品酒常识：白葡萄酒配鱼和海鲜，红葡萄酒配红肉和奶酪，粉红酒则各种菜肴都能搭配。

晚餐去的是米其林一星餐厅 Café Restaurant de L'univers，环境和味道都是精致范儿。进入餐厅时，发生一个小插曲，一位中国大姐穿着连帽运动休闲衫，被谢绝入内，同行的朋友解下大披肩给她系上，才算解围。在法国人看来，优雅的进餐环境需要每个食客来营造。这也是法国之行，我学到的重要一课，就是随时随地，做一个得体的人。

爱 她 ， 就 带 她 去 埃 兹

　　埃兹是法国南部蔚蓝海岸一个中世纪小山城，地处尼斯和摩纳哥之间，地中海特有的蓝拥着这座海边峭壁上的石头城，每一眼看过去，所有惊叹的词汇，都显得苍白无力。

1 古老街巷依然保留着中世纪原貌
2 尼采之路
3 村庄的香水工厂精品店

　　我到达埃兹山庄时，听说国内某地产大佬带着他刚浮出水面的小演员女友来过，顿时在心中对这位大佬大大加分。诸位热恋中或是计划蜜月游的读者，不妨参考效仿之。鲜花、巧克力、哈根达斯、钻戒、香车、豪宅，这样的戏码，远不如"爱她，就带她去埃兹"。

　　埃兹山庄的历史有 2500 多年，山庄中保存完好的中世纪石头房屋，散发着岁月的沉香。

世外桃源般的浪漫埃兹

　　这样迷人的地方，自然少不了浪漫传说。常被人津津乐道的故事莫过于，摩纳哥前国王兰尼埃三世和好莱坞明星格蕾丝·凯莉在这里相识。据说当年格蕾丝·凯莉在埃兹拍摄电影外景时，被兰尼埃三世俘获芳心，后退出影坛，成为摩纳哥王妃。遗憾的是，她在距此不远的山间公路遭遇车祸，从此香消玉殒。她美丽凄婉的故事一直为后人感慨，也激发着人们到埃兹怀旧访古的好奇心。

　　山庄入口有条小路，竖着醒目的标识：尼采之路。没错，就是那个疯了的哲学家尼采，1883—1886年间，他多次来埃兹居住，并在此思考写作，完成了他的重要著作《查拉图斯特拉如是说》。

　　沿着留有尼采足迹的小路，拾级而上，迷宫般曲折的小道两边，爬满藤蔓的古朴小屋，每一户都如同艺术工作室。小屋门前盛开的鲜花，橱窗悬挂的油画，不经意间流露出的生活情趣，让我感叹不已：埃兹村民好具备审美品位！

　　如同一个闯入童话世界的小人儿，我开心地在小巷子里穿梭暴走，生怕错过了什么，一路上不停地发出惊叹。

埃兹山庄的山顶城堡遗址，被人形容像一只匍匐在山岩顶端的鹰巢。如今这里是长满硕大仙人掌和珍奇热带植物的异域情调植物园，是俯瞰蔚蓝海岸的绝佳观景点。法国雕塑家让·菲利普·理查德创作的一尊尊优雅女神雕像，矗立在植物园悬崖边，静默凝望着蓝色地中海。

那天，跟随埃兹旅游局 Patrick 先生，到了植物园入口处一家名为鹰巢的餐厅享用午餐。小餐馆外观平常，进入院中却别有洞天，餐桌摆在林荫下，背景是一望无际的蔚蓝海岸。就着无敌海景用餐，美妙的心情无须解释。藤蔓间斜射下来的阳光和地中海吹来的风轻抚脸庞，有种说不出的熨帖微醺感。

爱她，就带她来埃兹吧，仅仅坐在埃兹发发呆，心头都是一阵温柔的感动。

Tips

◎ 交通：埃兹离尼斯和摩纳哥很近，两地都有巴士抵达埃兹山庄，车程 20 分钟左右。

◎ 游览：埃兹很小，适合一日游。游览完埃兹山庄，可以免费参观山脚下的花宫娜香水工厂。

◎ 住宿：如果想要住得高大上，不要错过被《福布斯》杂志评为十大豪华蜜月度假胜地之一的埃兹金羊城堡酒店。这家建于 500 多年前的城堡，得名于当地的圣兽金色山羊。城堡仿佛一座秘密花园隐藏在地中海悬崖边，几个世纪以来，这里是邀迎欧洲各国皇室成员的最佳场所。※季标准间每晚最低 280 欧元。

波尔多不仅仅有红酒

去波尔多之前，对这个全球最知名的葡萄酒产区，我的认知能建立起的联想，除了红酒，还是红酒。

从法国南部度假胜地尼斯，乘坐飞机 AF7867，去往西南部酒城波尔多，

街头体面优雅的老人

波尔多旧城门

行程 1 小时 25 分钟。晚上 10 点抵达波尔多机场，天尚未黑透，刚刚下过小雨，空气湿润清冽，机场到市中心酒店半小时车程中，晚风拂面，涌来微醺之感。

第二天清晨，到酒店顶层自助餐厅用餐，眺望窗外的加龙河及其四周，顿觉眼前一亮：直冲云霄的教堂尖塔，琥珀色瓦片屋顶，浅灰色石头墙，蓝的白的木门窗，一派古典优雅的中世纪风貌。

翌日，当地旅游局派来导游，带我们顺着河边的古老建筑观光。走到铺着

水镜子的市政广场，再穿过旧城门，进入被联合国教科文组织列入《世界遗产名录》的老街巷，这里石板路纵横交错，教堂、广场上游人并不多。咖啡座，书店，酒吧，餐厅，超市，精品店，歌剧院，圣凯瑟琳大街奢侈品专卖店，百货公司……传统与现代和谐共存。

逛完波尔多市中心，乘车前往圣爱美隆（Saint-Emilion）小镇苏塔酒庄。圣爱美隆是波尔多最古老的葡萄酒产区，因为太具艺术气息，名字也被文人墨客译成诸多"模样"，如，导览手册将其翻译成"圣埃米里翁"，有的又将其译作"圣爱米伦"，在国内我生活的城市，有个楼盘名曰"xx·圣爱米伦"，也许就是出于地产商对这个小镇的仰慕吧。

苏塔酒庄建于 1785 年，是圣爱美隆历史最悠久的列级酒庄代表之一。过去一直由以艺术家风格和眼光来酿酒的家族经营，直到 2006 年，才被活跃于葡萄酒贸易界的法国保险公司 La Mondiale 收购。酒庄的葡萄园和酒窖全天对外开放。

接待我们的工作人员，打开厚厚的酿酒车间大门，橡木桶的芬芳扑面而来。乘电梯深入地下酒窖，来到品酒室，如同走进了神秘的电影镜头中，用铁栅栏和石头墙切割成小间的屋子，只有石壁上方射下来的一线微弱的光，侍酒师点燃蜡烛，拿出几款不同年份的佳酿，让我们逐一品尝。

从圣爱美隆回波尔多途中，随时能看到葡萄园、城堡、河流，黄昏如油画，安宁而美好

　　苏塔酒庄的酒主要用梅洛（Merlot）酿制而成，果香浓郁、口感舒展。在国内，我对红白酒均无研究，那一刻，突然很想好好补补功课。在波尔多，喝酒的乐趣，不是把人灌醉，而是让生活在发酵的浪漫氛围中变得有滋有味。

　　回国后，我把在波尔多酒庄的见闻讲给有侍酒师资格证的好友听，她惊叹，圣爱美隆？她的波尔多老师曾说，"圣爱美隆的每一滴酒都是上帝的恩赐。"

　　初游波尔多，我还不懂享受"杯酒人生"，而圣爱美隆小镇已俘获我的心。在这个宁静古朴的中世纪小镇中，古老建筑比比皆是，小镇地下还有一座迷宫般的教堂遗址，穿越其中，和初入酒窖的感觉有些相同，也像在演电影，不同的是，这次置身怀旧老电影中。

　　从地下教堂出来，就到了圣爱美隆最佳观景点——地势最高的钟楼广场。傍晚时分，夕阳西下，渐变的光影给眼前连绵起伏的房屋和葡萄园披上金色光芒，拿出相机，随手乱拍的风景都像幅油画。

　　波尔多，不仅仅有葡萄酒，这儿的阳光和空气，已足以让人沉醉。

旅行，随安而遇

自 驾 游 普 罗 旺 斯

在国内，我很少自驾旅游，因为我不喜欢操心和冒险的旅程。选择自驾游普罗旺斯，并不是为挑战自我，完全是因为当地公共交通非常少。

普罗旺斯不是一个城市名，是很多小城和村子组成的大省：首府阿维尼翁（Avignon）、凡·高生活过的阿尔勒（Arles）、塞尚的故乡艾克斯（Aix-en-Provence）、彼得·梅尔隐居的奔牛村(Bonnieux)、石头城戈尔德(Gordes)、红土城鲁西永(Roussillon)……还有大片的葡萄园、麦田、薰衣草花田，这些地方星罗棋布，各具风情，使普罗旺斯成了浪漫的代名词。

要在有限时间内尽可能深入和轻松地感受普罗旺斯，租车自驾游最便利。当地也有旅行团和包车拼车团线路，但大多是以阿维尼翁为基地，一天玩完普罗旺斯主要景点，晚上返回阿维尼翁市区住宿。而我想住在乡下，跟团满足不了我的愿望。

参考自驾游过普罗旺斯的好友的经验，从国内出发前，我上网租好车，买好 GPS 导航仪，做完驾照公证，下载了法国自驾游锦囊，就上路了。

从罗马乘坐廉航易捷航空的航班，到达法国南部交通枢纽城市尼斯，按先前预约好的租车订单地址，到尼斯火车站取车：原先预订的是雪铁龙 C3，租车公司接待员看到我们的大行李箱，说 C3 后备厢太小，当场帮忙换了一辆空间宽敞的旅行车——标致 308SW，自动挡，免费升级。

老实讲，坐进驾驶室的那瞬间，面对陌生的车，陌生的路，我的心脏怦怦直跳，只能硬着头皮安慰自己：我是有多年驾龄、每天开车上下班的老司机啊，法国也是靠右行驶，左边方向盘，还有中文语音播报的 GPS 导航，有副驾驶位上的闺密保驾护航……

摇摇晃晃中，我驶入了前往普罗旺斯地区的 A8 高速公路，片刻的忐忑过后，不知不觉，竟欢乐向前冲到时速 130 千米，要不是 GPS 及时提醒，一不小心就会超速。途中经过两个自助收费站，第一次有点摸不着头脑，喊了身后司机帮忙，第二次就知道快捷投币走人了。到达普罗旺斯前首府艾克斯时，觉

赛南克修道院

一望无垠的薰衣草田

得自己整个人都变得更勇敢、自信了。

普罗旺斯乡村山路很多，但道路平坦，交通标识清晰，红绿灯非常少。岔路口采用环岛分流，免费停车场很多，收费停车场需自助投币打票，看不到交警，却秩序井然。加油站里也多是无人看管的自助机器，自己拿着油枪加油，刷信用卡结账。少量加油站旁边有便利店，加满油可到便利店付现金。我入乡随俗，学会自助搞定一切，既开眼界，又长技能。

在普罗旺斯逗留了三天半。第一天时间主要花在前往艾克斯的路上；第二天去瓦伦索勒看普罗旺斯最大的薰衣草基地，然后一路向西，游览红土城鲁西永、石头城戈尔德两个小镇；第三天到达阿维尼翁和阿尔勒；第四天中午在阿维尼翁火车站还车，乘高速火车直达巴黎戴高乐机场返程回国，行程轻松紧凑。

6月下旬正是薰衣草盛开期，瓦伦索勒一眼望不到头的花田，蒙着一层微

阿维尼翁断桥，风景如诗如画　　　　　　　　看这些草垛，像不像装置艺术

微淡紫。迎风翻滚的金色麦浪，跟凡·高画笔描绘的一样，大片红色罂粟花、黄色野菊，相互映衬……亲眼见到此情此景，不难理解凡·高、塞尚为何画出那样惊世的印象派代表作：他们就生活在画中呀。

我每天住在一个不同的村庄，积攒不同的美好回忆。

艾克斯郊外有大花园的家庭旅馆，戈尔德塞南克修道院旁的山谷农舍，阿尔勒凡·高咖啡馆附近的中世纪石头房客栈，每一家都温馨舒适，静默坦露着主人不俗的审美品位和生活质感。

虽是匆匆过客，足以久久回味。

1、2、3 在不同村庄，积攒美好回忆

Tips

◎ 租车：提前在 www.rentalcars.com 比价，挑选合适的车，越早预订价格越划算。欧洲人讲究节能环保，多开手动挡汽车，自动挡租金比手动挡要高。我预订的雪铁龙 C3，3 天租金 245.05 欧元，异地还车＋全险＋税金共 140.7 欧元，3.5 天燃油费 50 欧元。

◎ 驾照：在法国取车时，需出示驾照原件、公证件及翻译件。出国前我在单位附近的公证处做了驾照公证，公证＋翻译共 380 元，我自己翻译的英文驾照，节省 100 元，3 个工作日可拿到公证件。据说，北京和上海有专门代办驾照公证公司。不用本人前往，只要把驾照扫描件 email 过去，收费在 155 元左右。

◎ GPS：我是技术白痴，担心手机导航不靠谱，出国前，买了一款有中文语音播报功能的 TOMTOM XXL540S 导航仪，简单好用，全程多亏有它，把我们顺利带到目的地，不然寸步难行。

◎ 加油：法国加油站多为自助加油站，绿色油枪标着 ESSENCE 或 SP95 / SP98 的，为汽油；而黄色或黑色油枪标有 DIESEL 或 GAZOLE 的，为柴油。打开汽车油箱盖，根据盖子背面对应的颜色提示加油。

◎ 还车：本地还车比异地还车便宜，我从尼斯取车，于阿维尼翁还车，全程没走回头路，如果以阿维尼翁为游玩基地，可在阿维尼翁火车站取车还车，还车手续极其简单，把钥匙交还给工作人员就可以。他们对人足够信任，如果我们不主动要求他们检查车，他们根本懒得看一眼。

在莎士比亚书店邂逅全世界的读书人

不知道有多少人和我一样，旅行时喜欢带一本书上路，抵达目的地后喜欢逛书店。

每到一个城市，有特色的书店，都是我"不可错过"的景点。比如，巴黎塞纳河边的莎士比亚书店。这个被全世界爱书人津津乐道的小而美的书店，令我向往已久。

我在一个黄昏时分寻到了那里。出发前，我还特意重温了一遍老电影《爱在日落黄昏时》，因为电影开场男主角杰西新书签售会就在这家小小的书店举行，女

夜幕降临，莎士比亚书店门前依然围满读书人

主角席琳从窗外路过，走进书店，分别9年后他们在此重逢。

莎士比亚书店离巴黎圣母院很近，逛完圣母院出来，过一座桥，就看到了。它黄色招牌，深绿色店面，中间悬挂着莎士比亚肖像，静静矗立在塞纳河边，若不是太熟悉这与电影里一模一样的景致，恐怕这低调的门脸，很容易被错过。

书店门口摆放着开放式水柜与供人阅读的桌椅。进入店内，满眼书架，顶天立地，散发着复古的气息。

从狭窄的楼梯爬上二楼，那张传说中留宿过许多落魄作家的小床，仍然摆放在阁楼的书架之间。墙上贴满了各种手书的留言便条，以及书店两代创办人

丝薇雅·毕奇和乔治·惠特曼与文人们的合影。

莎士比亚书店从诞生起，就是作家与艺术家聚集之地，乔伊斯、海明威、菲茨杰拉德……这些大名鼎鼎的人物，曾是欧德翁街12号第一代莎士比亚书店的常客。后来，毕奇女士去世，乔治买下她的藏书，将书店搬迁到了塞纳河畔。

海明威曾在《流动的盛宴》里，描述莎士比亚书店是个"温暖、愉快的地方"。伍迪·艾伦也要留个镜头，让《午夜巴黎》的男主角来这里晃一下。

店里出售的多是经典文艺类书籍，各个角落，都是从世界各地来朝圣的读书人。即使他们有着不同的肤色、不同的年龄，可气质相通：清瘦匀称的身材，知性文艺的面孔，每个读书人，看上去都那么好看。

这也是我喜欢逛书店的原因，无论在巴黎莎士比亚书店，还是东京纪伊国书店、台北诚品书店、香港天地书局……书店里看到的人，常常不同于其他地方吵吵闹闹的游客，他们大多温和沉着，衣衫平常也挡不住"腹有诗书气自华"。当一个人沉浸在书香之中时，就会绽放出自身最迷人的光彩，甚至感染周围的人。

莎士比亚书店离圣日耳曼大街也很近，沿着塞纳河游览巴黎左岸，这儿会是好起点。左岸边密密麻麻地驻扎着一排绿箱子旧书摊，出售各式各样的二手书籍、画册、乐谱、海报和明信片，喜欢买纪念品的人，在这里淘淘，或许会有不少收获。

过了旧书摊，继续往前走，就到了圣日耳曼大街，这儿有跟莎士比亚书店一样，吸引全世界无数文艺老中青前来朝圣的巴黎地标——花神咖啡馆、双叟咖啡馆。我曾去过游客爆满的花神咖啡馆，因为找不到座位，就决定到旁边的双叟咖啡馆怀怀旧，无奈依然宾客满堂，只好放弃，后来转到附近街角一家名

穿过桥就到巴黎圣母院

市政厅门前滑旱冰的人们

字都没看清的咖啡馆歇脚，却吃到了我至今怀念的火腿三明治。

那天是周日，我还在莎士比亚书店对面的巴黎圣母院，赶上一场新年弥撒，收到了意料之外的虔诚祝福。

有时候，漫无目的地闲逛更容易偶遇惊喜，这是只有自助出行的人，才能体会到的快乐。书店、教堂、咖啡馆、市集……这些旅游团队不会抵达的地方，总是让我发现更多乐趣。

我记得很多年前读三毛的书，她说，每到一个新国家，她一定会进书店，看小学教科书，看他们小学的教育观念是怎样的，看他们如何培养一个小孩子的心灵，如何将一块软软的泥巴，用课本来捏他，捏成一个善良、实用、有希望、有前途的生命。

法国作家普鲁斯特也有类似的观点，"真正的发现之旅，不在于找寻新天地，而在于拥有新眼光"。

我想，"读万卷书行万里路"的意义也在于此吧。读书和旅行，相得益彰，最终改变和影响着我们，使我们不会人云亦云，随波逐流。

Tips

莎士比亚书店

◎ 地址：37, Rue Bûcherie,75005 Paris

◎ 网站：www.shakespeareandcompany.com

弥撒仪式

在酩悦酒庄假扮"社交名媛"

在法国酩悦酒庄假扮"社交名媛",是我的旅行经历中一次非常有趣的体验。

酩悦酒庄是法国香槟小镇埃佩尔奈 (Épernay) 的顶级酒庄,也是世界最大的香槟生产中心。酩悦香槟曾因拿破仑的喜爱而赢得"皇室香槟"的美誉,270 余年来一直备受欧洲精英阶层青睐。中文译名"酩悦"二字,据说出自香港文艺教父——写过"人头马一开,好事自然来"这样金句的黄霑大叔之手。

我第一次听说酩悦酒庄,是从最懂得享受生活、见识广博的闺密张庆那儿。爱读亦舒小说的她,和亦舒笔下的可爱女郎们有个共同嗜好:喝香槟。后来,我们有机会同游法国,就决定到这个世界一流的香槟酒庄朝圣一番。

我们特意穿了漂亮的大衣和裙子,以配合如同浓缩版凡尔赛宫的酩悦酒庄古典的氛围。

从前台接待手中拿过参观券的那一刻,有个"戏精"悄悄爬上身,突然觉得自己瞬间成了一个玩得转各种高大上场所的"大小姐"。可能每个向往美好生活的凡人心中都有一个贵族情结吧,不然《唐顿庄园》出了一季又一季,观众怎么依旧穷追不舍呢?

在酒庄导游的带领下,我们进入迷宫般的地下酒窖,了解酒庄历史、酿酒工艺,看世上最娇嫩的黑品诺、莫尼耶品诺、霞多丽怎样酿成传奇芬芳的香槟。

参观完酒窖回到地面,最后有一个品酒环节等着我们。侍酒师拿出酩悦酒

长达 28 米,迷宫般的地窖

地窖内部

美丽的香槟大道，两旁坐落着十余家知名
酒庄，街道下方，有 110 千米长的地下
酒窖，储藏着 2 亿多瓶香槟酒

跟着侍酒师品鉴香槟

陈酿酒液逐渐成熟，香槟瓶上落满尘埃，
也正是在这时间积淀中，孕育了香槟馥郁
的芬芳和细腻的泡沫

庄最经典的"皇室香槟"和"粉红香槟",让我们品尝。

品酒时,我们天马行空,即兴自编自演聊电影台词。有外国帅哥朝我们举杯示意,我们镇定自若地微笑回一句:"Bonjour",然后,继续自己的游戏,我们不再是张主编、段老师……而是脱胎换骨、华丽转身的"社交名媛"。这些还不够,还要拼命往自己脸上贴金:你看,一群多好的姑娘啊,能文能武,能屈能伸,不光有在巴士底露天市集买菜做大餐的贤淑,在葡萄园草地上席地而坐吃便当的豪爽,还有在香槟酒庄饮酒作乐的活泼……平日里不敢轻易释放的虚荣和矫情,找到了一个完美出口,发挥得淋漓尽致。

两杯香槟下去,我的心情愉悦极了,微醺的感觉刚刚好。一直觉得一个人骨子里没有优雅基因,想变得有品位,一下子是学不来的,唯有耳濡目染,亲身体验。在水晶灯、油画、俊男美女的映衬中,就算自己姿色平庸,这股奇妙气场,也能为自己加些分。而这样的体验,又是我们完全消受得起的,不过二三十欧元的价格,却换来一段可以长久回味的记忆,无比超值。

那天同行的一个姐姐,在姐妹们的鼓励下,也畅饮了一回。这样"疯狂"放松的她,与平日循规蹈矩、保守居家的她,判若两人。看着她因为香槟的作用,红润光洁、平添风情的脸,我觉得她比那些打了玻尿酸的女人好看百倍。

旅行就是偶尔从庸常生活中挣脱出来,寻找一点不一样的乐子,尽管旅行结束,我们立刻现回原形,切换到忙碌的、平淡的工作生活模式,但是也没什么好抱怨的,勤勤恳恳做好分内事,才能换来下一次出行的资本。

我从来不认为旅行是逃避,是从自己活腻了的地方,跑到别人活腻了的地方。对我而言,旅行是一次次全新的体验,它解决不了任何生活矛盾,却能改变自己对很多事情的看法。

去过的地方越多,人反倒越来越踏实,懂得如何收放自如地在理想和现实中转换角色。以前不敢想不敢做的事,会努力慢慢去尝试一下。何况,只要敢想敢做,有些梦想并没那么高不可攀。

皇 家 城 堡 "童 话" 续 集

你有没有做过城堡梦？幻想自己穿着华服，住在茜茜公主家或者唐顿庄园那样的古堡里？我有。

2016 年我深入卢瓦尔河谷，探寻皇家城堡的旅程，无疑为这个城堡梦找到了最佳的现实诠释，并为多年前来不及探访的那些城堡，如达·芬奇度过最后岁月的克洛·吕斯城堡，书写了"童话"续集。

布卢瓦皇家城堡——拉开城堡巡游序幕

有人说，有一种旅行的遗憾是：不是你不想去，不是你去不起，而是你不知道，不知道原来世上还有那么美妙的地方，原来那里还有这么有趣的玩法。

在布卢瓦皇家城堡（Château Royal de Blois），我们拉开了卢瓦尔河谷城堡巡游的美妙序幕。

从巴黎戴高乐机场乘坐欧铁 TGV，抵达布卢瓦皇家城堡所在的小城布卢瓦（Blois）只需一个多小时，沿途绿草如茵，平川秀美。我就这样在连绵的田园风光中，轻快地做着白日梦，来到了真实的城堡。

布卢瓦皇家城堡从第 10 世纪开始兴建，起初修建的君主大厅，是法国至今保存完好的最大规模哥特式非宗教建筑，随后 400 年间，围绕城堡庭院扩建的 4 个侧翼，汇聚了火焰式风格、文艺复兴风格和古典风格等不同建筑风格，宛如一部鲜活的法兰西建筑艺术史。

法国历史上曾有 7 位国王、10 位王后下榻于此。弗朗索瓦一世、凯瑟琳·美第奇、弗朗索瓦二世、玛丽·斯图尔特、亨利三世以及加斯东·奥尔良，都曾先后在此居住，王室寝宫精美的家具，色彩斑斓的内部装饰，无声诉说着昔日辉煌。

这座城堡藏有 35000 件艺术品，被称为法国的博物馆，部分藏品现在弗朗索瓦一世侧翼的寝宫、路易十二侧翼的美术馆里展出。

百闻不如一见，即便对法国历史知识储备甚少，整个城堡参观下来，本身也是一场美的熏陶。

1 路易十二雕像
2 弗朗索瓦一世兴建的文艺复兴风格螺旋楼梯
3 根据 15 世纪模型精心设计的王后游廊
4 文艺复兴时期皇家格调的小书房

　　城堡共有三层，城堡大门上方是雕工绝伦的路易十二雕像，进入城堡，面对中庭，首先看到的便是弗朗索瓦一世侧翼的文艺复兴风格螺旋楼梯，沿着这个楼梯来到二层，就可以看到国王大厅、吉兹大厅和王后游廊等建筑。在国王大厅里，拱顶随处可见百合花徽。吉兹大厅的国王卧室里，当年著名的吉兹公

城堡庭院的声光秀

布卢瓦城尽收眼底

爵谋杀案事发时那种触目惊心的感觉，似乎依然还在。

　　沿着室内散步长廊——王后游廊，可以通往欣赏花园美景的敞廊正面，游廊精美的彩绘地砖，是根据 15 世纪的模型精心设计的。随后走入法国独一无二、保存完好、具有文艺复兴时期皇家格调的小书房，书房内有 237 个制作于 1520 年、意大利风格的华柱雕刻板，细细探究才知道华柱雕刻板遮盖了 4 个有着隐藏通道的壁橱，壁橱内收藏着文艺复兴时期的艺术品。

　　同样书写着法国历史的，还有古老的三级会议大厅，如今它依然还保持着 1214 年蒂博伯爵六世建造它时的最初模样。我们还有幸进入到城堡顶部，观赏全木结构屋顶。登上城堡左侧的塔楼，整个布卢瓦城尽收眼底。

　　4 月至 9 月晚上 10 点后，城堡庭院内会上演声光秀，在城堡外壁 360 度展示这里曾有过的传奇故事。游览这座城堡，仿佛是穿越时空去探索法国的历史画卷。

Tips

Château Royal de Blois

◎ 地址：6, Place du Château 41000 Blois。

◎ 网址：**www.chateaudeblois.fr**。布卢瓦皇家城堡网站有中文，如果你想看攻略，关于城堡的交通、门票、最新活动等信息，在官网都能查到。

香波城堡——炫酷地穿越回弗朗索瓦一世时代

卢瓦尔河穿城而过，河水静静流淌，我想起巴尔扎克对卢瓦尔河谷的描绘："在那里，两边山峦起伏，山上古堡错落，整个山谷，宛如一个翡翠杯……我们总是想生活在别处，古朴的城堡、清澈的河水、旖旎的河谷风景，时间仿佛在这里停下了脚步，流动的只有卢瓦尔河……卢瓦尔就是一个很好的别处。"

卢瓦尔河谷素有"法国后花园"之称，在河谷两岸，闻名世界的中世纪城堡群中，香波城堡是规模最大，也是名气最大的城堡。1519 年，由国王弗朗索瓦一世下令修建，到路易十四统治时期最终完工，1981 年被列入《世界遗产名录》。

香波城堡作为法国君王的狩猎行宫，整体建筑融合了法国传统建筑元素和意大利文艺复兴风格，有 426 个房间、282 根烟囱、77 座楼梯，外墙通体用大理石建成，远远望去，城堡数不清的尖塔、烟囱和钟楼，直冲云霄，非常壮观。

4 年前，我曾到过香波城堡，印象最深的是，城堡主塔内那个著名的、为避免王后和国王的情妇们尴尬相遇而设计的双旋梯。

这次故地重游，又有新发现。细雨若雾的清晨，穿过遮天蔽日的林荫大道，来到香波城堡门前，我才知道，这里 32 千米长的围墙有 6 个大门，守护着欧洲最大的封闭式森林公园，向公众开放的 800 万平方米国家狩猎保护区内，野猪和鹿群不时出没。

走近城堡，两个骑马的男子，正迎面向我们走来，长发短披风，英姿飒爽，有种古代贵族的即视感。男子扮演的是骑士国王，会马背杂技、猛禽击空，这是香波城堡 2016 年推出的全新表演，意在带人进入弗朗索瓦一世的骑士世界。

来到城堡内，和第一次游览时相比，如今多了 HistoPad 历史博览平板电脑导览。站在中世纪的房间，轻点屏幕，就会穿越时光隧道，再现当年皇室生活场景，科技与历史完美结合，人机互动，炫酷有趣。

过去门窗关闭、帷幕低垂的一些卧室，现在打开门，亮着灯，看上去充满

名倾于世的双旋梯

香波城堡

生活气息。城堡内还开辟了艺术家寓所，一些作家、音乐家先后住进城堡，在此潜心研究、创作。

这次，我还看到一场名为"森林别境"的展览，观赏了韩国摄影大师裴炳雨不同季节拍摄于香波城堡的60多幅照片，领略了一番香波城堡的艺术魅力。

香波城堡有项全年向师生提供教育服务、围绕自然遗产和建筑遗产展开的艺术文化探索之旅活动。在城堡里，我见到不少来自欧洲国家的孩子们，他们席地而坐，听老师讲那过去的故事。5~10岁的儿童还可以预约一项趣味参观，城堡会派一个古代装扮的人来迎接小朋友，给他们讲述香波城堡的历史。

香波城堡的故事，就这样代代相传……

Tips

Château de Chambord

◎ 地址：Château de Chambord，41250 Chambord。

◎ 网址：www.chambord.org。

◎ 门票：全价11欧元，优惠价9欧元，18周岁以下及欧盟国家内25岁以下青少年免费。

◎ 温馨提示：若想参与城堡互动表演或游戏，建议提前在网站预约。

昂布瓦兹皇家城堡——寻常百姓也能体验法国宫廷日常生活

位于卢瓦尔河畔整个古堡群中心的昂布瓦兹皇家城堡（Château Royal d'Amboise），是另一座与弗朗索瓦一世和达·芬奇有着千丝万缕联系的城堡。

弗朗索瓦一世在这里出生并长大，他凭着对文艺复兴艺术的喜爱，把意大利的艺术风格引入了这座城堡。

达·芬奇在这里长眠，他的墓就在城堡花园的圣·于贝尔教堂里。

香波城堡的故事，代代相传

这些台阶，很像无限延续的故事，耐人寻味

作为文艺复兴时期法兰西王室的心脏，昂布瓦兹皇家城堡是瓦卢瓦王朝和波旁王朝所有国王的寝宫和行宫，一个多世纪里，皇室、贵族、大臣、骑士、艺术家等上万名达官贵人相继定居于此，很多影响法国乃至欧洲的重大历史事件都发生在这里。

城堡内的装饰和家具无比精美，它们不仅仅是历史的一个缩影，更是普通民众体验法国宫廷日常生活的梦想殿堂。

如果你想回到文艺复兴时代，可以预约参加昂布瓦兹皇家城堡的"王室盛宴"，穿着城堡提供的服装，来到王室寝宫赴一场别开生面的晚宴，餐后还有烟火晚会，甚至你也可以在此办一场户外草坪婚礼。

那天参观结束，城堡工作人员带我们到曾是监狱的城堡塔楼，举行了一个小小的欢迎酒会。在如此神秘的地方喝香槟，法国人真的很会玩。

跟香波城堡一样，昂布瓦兹皇家城堡也开发了 iPad 互动，游客可参与历险游戏"为国王服务"，在虚拟世界里，经历 1518 年弗朗索瓦一世统治初期的重大事件，是种非常炫酷的体验。

Tips

Château Royal d'Amboise

◎ 地址：Château Royal d'Amboise，BP371-F-37403 Amboise。

◎ 网址：www.chateau-amboise.com。

◎ 门票：全价 11.2 欧元，学生 9.7 欧元，7 岁以下儿童免费。

◎ 温馨提示：参加城堡互动体验，需提前在网站预约。

美轮美奂的昂布瓦兹皇家城堡

古韵悠长

克洛·吕斯城堡——沿着达·芬奇的足迹进入天才世界

距离昂布瓦兹皇家城堡仅数百米的克洛·吕斯城堡（Château du Clos Lucé），是达·芬奇度过生命中最后三年时光的居所。

1516年，达·芬奇应弗朗索瓦一世邀请，离开意大利，带着三幅重要作品：《蒙娜丽莎》《圣·安娜》《圣·让·巴蒂斯特》来到昂布瓦兹（Amboise），在这里自由地思考、创作。他不仅仅是一位杰出的画家，还身兼建筑师、雕塑家、哲学家、诗人等多重身份。克洛·吕斯城堡一楼陈列着40件按照达·芬奇的设想图制作的机器模型：第一台坦克、第一辆汽车、转动式桥梁、桨叶船、飞行器、直升机、降落伞……这些当时仅存于达·芬奇笔下的机器，在5个世纪以后才被发明出来。

晚年的达·芬奇致力研究信仰与自然的关系，参与了法国国王弗朗索瓦一世的诸多宏伟设计，"一日充实，可以安睡；一生充实，可以无憾"，是他遗嘱中的名句。

克洛·吕斯城堡完好地保存着达·芬奇的卧室、厨房、工作室、文艺复兴风格的沙龙和礼拜堂，城堡内还有一条神秘的地下通道，连接着昂布瓦兹皇家

达·芬奇墓

克洛·吕斯城堡

城堡，据传，弗朗索瓦一世当年就是借此隧道来拜访达·芬奇的。

城堡的植物园中，种植着在达·芬奇素描、草图和绘画中出现过的植物花卉及草木。这里经常会举办与自然融为一体的达·芬奇创意画展，达·芬奇的画作悬挂于丛林中，清晰地营造出光与影的戏剧效果，妙不可言。

2016 年是纪念达·芬奇定居昂布瓦兹 500 周年，克洛·吕斯城堡有一系列主题展览，如："达·芬奇与法国展（Léonard de Vinci et la France）"，揭秘查理八世、路易十二世、弗朗索瓦一世，三位法兰西国王与达·芬奇之间的故事；6—11 月，"从克洛·吕斯城堡到卢浮宫，列奥纳多·达·芬奇的三幅杰作展（Du Clos Lucé au Louvre, les trois chefs-d'ceuvre de Léonard de Vinci）"等，都是克洛·吕斯城堡带世人向这位天才大师致敬的用心良苦之所在。克洛·吕斯城堡也因此成了探寻天才足迹的圣地。

有时候，一个人便成就了一座城堡……

神秘的地下通道：传说弗朗索瓦一世当年就是借此隧道来拜访达·芬奇的

Tips.

Château du Clos Lucé

◎地址：2 rue du Clos Lucé，37400 Amboise

◎网址：www.vinci-closluce.com。

◎门票：成人 15 欧元，学生 11 欧元，儿童 10.5 欧元。

达·芬奇缔造的经典传奇

邂逅

尚特卢塔——邂逅法国"中国通"和他的中国风花园

在昂布瓦兹郊外，我们还遇见一位 80 岁的"中国通"老先生，并有幸造访了他的中国风花园。花园原本是尚特卢城堡的一部分，历史可以追溯到 18 世纪：舒瓦瑟尔公爵（Duke of Choiseul）从一位公主手中买下了尚特卢城堡，因为当时"中国元素"风靡欧洲王室贵族，便在城堡花园中仿中式建筑修建了尚特卢塔（Pagode de Chanteloup），该塔一度被看作象征中法友谊的建筑。

公爵过世后，城堡被毁，公爵家人将残留的花园赠送给了当时的世界顶级园艺师，就是如今尚特卢古塔守护者的曾祖父，这一家人便世代守护在此。

80 岁的老先生，坚持陪我们登到 7 层高的塔顶，向我们讲述这片庄园曾经的繁华和当下正在焕发的生机。

老先生对中国文化研究颇深，他跟我们讲太极、八卦、风水、中国园林艺术，还在自己亲手打造的"中国风"花园，请我们喝了香槟。他说知道这儿的中国游客还不多，托我们带话给国内的朋友，欢迎大家来花园喝下午茶、开派对、办婚礼。

和前面提到的三座名声响亮的皇家城堡相比，尚特卢塔更像是一个遗世独立的所在，它的主人对历史文化的坚守，对生活的热爱，带给我的触动，回味悠长：有时候，我们需要那些华丽的刺激，来感知生命的无限可能；有时候，也需要这样一片清幽的空间，来安静地感受生活的美好。

此行之后，我真心觉得每个向往美好生活的人，都应该来卢瓦尔河谷的城堡看看，它不仅仅能帮你圆一个梦，还能带给你全新的视野。那些看似遥不可及的童话城堡，其实离你并不遥远。这个世界上，有人活得很将就，有人活得很讲究，只要你愿意付出努力，真的可以体验得到梦想中的生活。

Tips

Pagode de Chanteloup

◎ 地址：Route de Bléré, 37400 Amboise。

◎ 网址：www.pagode-chanteloup.com。

◎ 门票：成人 9.7 欧元，学生 8.7 欧元，7 岁以下儿童免费。

家族照片墙

对中国文化研究颇深的老先生

法 国 最 时 尚 的 修 道 院

出门旅行，我喜欢住有故事的老房子，置身历史建筑中，那种时空穿越的感觉，会让我真正体验到生活在别处的美妙。

最近一次去法国，从卢瓦尔河谷到诺曼底再到巴黎，见了无数中意的老房子，其中，在我心底留下最多念想的，是由 Fontevraud l'Abbaye Royale 修道院改建而成的酒店。

Fontevraud l'Abbaye Royale 位于卢瓦尔河谷地区，普瓦图、安茹和都兰三个旧省边缘交界处，建于 1101 年的它是欧洲最大的修道院之一，也是法国史上最大的修道院。几个世纪以来，这儿都是一个特别的存在，修士和修女都在此修行。不过，修道院最知名的地方在于，它曾是金雀花王朝的王室墓园，2000 年被联合国教科文组织列入《世界遗产名录》。

现在，它是一个时尚的文化交流中心，常年有很多炫酷的展览、音乐会、研讨会，它还接待艺术家来此居住、布展，邀请法国著名设计师 Patrick Jouin 和 Sanjit Manky 将建筑的一部分改造成了精品酒店。

整个修道院占地 13 万平方米，安静地坐落在一片广袤的田野中，四周不见人烟。跨过一扇古老的大门，进入修道院庭院，开满白色小花的坡地上，矗立着气势磅礴的主体建筑，塔顶尖尖地伸向蓝天，遗世而独立。

修道院主厅入口处，安放着两个装置艺术品般的小木屋，接待我们的工作人员 Olivier Chable 先生介绍，这是胶囊旅馆，仅有两个床位，配合地下室即将揭幕的一场讲述修道院历史的声光展览而建，供展览期间游客入住体验。

教堂中央停放着英国国王亨利二世，王后埃利诺以及他们的儿子理查一世（狮心王）的墓和卧像。手持圣经的王后埃利诺，是 12 世纪欧洲最有权势的传奇女性之一，是阿基坦女公爵和法国国王路易七世的王后，她在 1204 年 83 岁时寿终正寝，被埋葬在第二任丈夫亨利二世与儿子中间。这里的一砖一石，都见证着昔日辉煌。同时，这里也与时俱进、无处不在的创意设计，将历史与现代完美结合。向前走几步，有个电子触摸屏，喜欢涂鸦的观光客，可以在此

修道院餐厅内景

英国国王亨利二世和王后埃利诺的卧像

写字、画画，投影到墙上，现场与自己的作品合影。

沿着回廊，漫步到修道院厨房，童话般的建筑设计便映入眼帘，屋顶尖尖的烟囱与八角形鱼鳞状的瓦片相得益彰。

如今，厨房室内有从天花板垂吊下来的木制尖锥体，用来盛放红酒和饮料，在举办节庆聚会时，宾客可以像挤牛奶一样取用酒水。厨房对面还有一个神秘的地穴，展出着由法国艺术家 Julien Salaud 创作的，名为 "The Crypt of Owls" 的装置艺术展。

穿过一大片菜园，就来到了我非常期待的修道院酒店。建筑本身低调而有质感，完好地保存了修道院的独特风格，装饰材料却融入了符合现代审美的最新科技。

酒店一楼的休息阅读区和餐厅，桌椅为全实木打造，灯光色调温暖，整体氛围舒适养眼。与餐厅相邻的酒吧，也是酒店一大亮点，每个桌位上都有一个触屏桌面，将修道院的前世今生以新的方式永久保存到数字图书馆中，想了解这里的故事，点击屏幕，一目了然。酒店还给每个住客配备了一个 iPad，能在酒店范围内上网。酒店水电及垃圾处理，也有一套炫酷的生态环保循环再生利用系统。

餐厅提供的食物，食材多来自修道院自己的有机菜园，从有机菜园经过，老远就闻得到草木的清新气息。Olivier Chable 先生遗憾地说，因为客房和餐厅太受欢迎，当天席位已被订满，原本打算让我们留宿用餐的计划，不得不取消改为参观。

虽然只是短暂停留，但这个修道院酒店，已深深地留在我的记忆里，我想，我一定会找机会重返这里，小住几日。

这是注重居住质感的人，会一眼爱上的地方，有美食有美酒有一流的艺术展，每天睡到自然醒，看云看树看书……

木篱笆内的有机菜园

Tips

Fontevraud l'Abbaye Royale

◎ 地址：BP24 - 49590 Fontevraud l'Abbaye

◎ 交通：最好的抵达方式是租车自驾，从巴黎乘 TGV 到卢瓦尔河谷地区或昂热、普瓦捷，再租车过来，约 1 小时的自驾车程。

◎ 房费：大床房 150 欧元 / 晚，家庭房 170 欧元 / 晚，套房 199 欧元 / 晚。

◎ 关于酒店、餐厅、休闲和艺术活动，可以在官网 www.fontevraud.com 提前预订。

修道院的酒吧一角

Part3

生活在别处

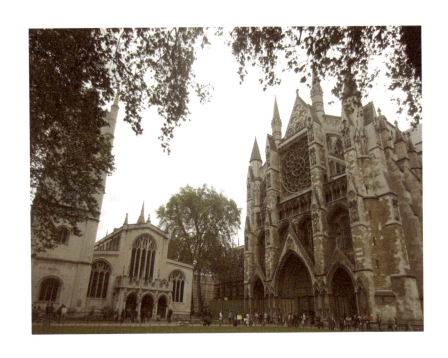

英 国 " 喂 鸽 子 " 归 来

曾经看过一篇微博这样写道："梁朝伟有时闲着闷了，会临时中午去机场，随便赶上哪班飞机就搭上哪班，比如飞到伦敦，独自蹲在广场上喂一下午鸽子，不发一语，当晚再飞回香港，当没事发生过，突然觉得这才叫生活。"

机缘巧合，我也追追星。

伦敦奥运会前，我偶然看到一则英航促销信息，上海飞伦敦机票，往返只需2600元（不含税），一时兴起，决定去英国。自己办签证，找住宿，制订行程，尽管没有抢到特价机票，但另辟蹊径买到联程折扣机票，顺利飞往英国。在伦敦、湖区、巴斯、剑桥度过了美妙的10天假日。

初见伦敦

从内地飞香港，再到伦敦，经过13个多小时长途飞行，我于当地时间20:30抵达伦敦希思罗机场。当晚住在机场附近的宜必思酒店，第二天早晨坐大巴到伦敦市区。车行驶到终点站维多利亚长途汽车站时，一片古老街区闯入视线：两三层楼、红墙白窗的老建筑，葱翠高大的树静静矗立在行道两旁，几乎看不到行人……是我喜欢的老牌发达国家的样子，优雅，干净，沉着。

相隔一个街角的维多利亚火车站，是伦敦市区最便捷的交通集散地之一，白金汉宫、海德公园、骑士桥就在附近。从车站步行10分钟即可到达我预订的公寓。可我初来乍到，拖着大行李箱，跌跌撞撞，绕了好几个街区，才找到公寓。

晃熟后，切身体会到入住这里是多么明智的选择：从公寓步行到威廉王子和凯特王妃举行婚礼的威斯敏斯特教堂只需5分钟，步行到电影《玻璃之城》里黎明和舒淇相拥倒数迎新年的大本钟6分钟，步行到白金汉宫15分钟左右。

伦敦精华之所基本浓缩在我步行20分钟半径范围内，在伦敦一共停留3天4晚，不想走马观花看景点，索性每天睡到自然醒，随心所欲闲逛：到海德公园散步；到大英博物馆看埃及木乃伊；到唐人街买食材做大餐；若想喂鸽子，

旅行，随安而遇

伦敦威斯敏斯特教堂

伦敦到处是小公园小广场，不一定非要跑到传说中梁朝伟去的特拉法加广场。

因为当年春节自助游过法国，在伦敦，总会情不自禁地将一切与巴黎对比。比如，在巴黎，随时会有绅士主动帮我拎行李箱，在伦敦除非自己主动寻求帮忙，路人才会礼貌相助；在巴黎，满街可以看到衣着简洁考究的帅哥美女，在伦敦仿佛满街是蒙着黑色面纱刚从商场扫完货的中东女人……那时那刻，仿佛明白了伦敦的保守与内敛，其实和巴黎的浪漫与多情一样，是融入到了血液中的。伦敦，这座沉淀着古老气息的城市，就这样以她独特而沉稳的姿态，与我相见了……

女王在家

女王伊丽莎白二世官方生日前一天，我和同伴到白金汉宫看卫兵换岗，伦敦之行全程最亮点来了：女王一家出现在阳台上，正向公众挥手致意。

我们站在差不多 500 米外的草坪上，瞥见女王经典的套装配宽檐帽造型，于是跟着人群鼓掌欢呼。

女王一家并不是每天都出来和民众打照面，那天恰逢女王登基 60 周年钻禧庆典阅兵游行，王室成员、皇家骑兵团、皇家空军飞行表演齐齐上阵，碰到这难得一见的场景，着实令人兴奋。

之后，我们逛到白金汉宫后街，穿燕尾服拿长柄雨伞的绅士和头顶羽毛宽帽的女士，三三两两迎面走来，真真正正的英伦范儿，让人惊艳。

其实，去白金汉宫前，我连王宫悬挂王旗表示女王在家和每年 6 月第一、第二或第三个周六会举行一年一度的女王生日阅兵之类的功课也没做过，此番邂逅，只能自恋地说，我人品太好了。

伦敦街头

女王登基 60 周年钻禧庆典阅兵游行

英伦生活

在伦敦那几日，天气一直都还可以，晴朗干冷，偶有乌云阵雨，来得快去得也快。

英国白昼极长，凌晨 5 点天就亮了，晚上 9 点，天光还似黄昏，非常适合我这种懒人。中午 11 点出门，玩到晚上 9 点左右回公寓，亲手做顿丰盛的晚餐，结束完美的一天。

为什么一定要住公寓，要亲手做饭？连吃 2 天英国千家一律的 fish&chip（炸鱼排和薯条）时，你就知道答案了。自己买菜做饭却不同，英国超市生活必需品相比国内超市来说，物价还算亲民，做一顿供 3 人享用且有酒、有肉、有水果的家常大餐，所需花费不过 10 多英磅，也就是人民币 100 多元，平摊的话人均生活成本更低，单单这一项，就可节省不少开销。住在公寓还有一个好处，像家一样温馨舒适，更能体验并融入当地生活。

渐渐过惯英伦生活的我们，在离开伦敦的前一天傍晚，穿着人字拖，走过熟悉的街角，去超市买菜，和下班的人群一起等红绿灯，恍惚之间竟有种在伦敦生活了多年的感觉。

旅行的美妙，不就在于此吗？总有那么一刻，让你触摸到你想要过的生活。

英伦生活

每个公园、广场都是一个开放式动物园，除了喂鸽子，还可以喂松鼠、海鸥，小动物都不认生，见人就摆pose

Tips

◎签证：先在英国签证中心官网（www.vfs-uk-cn.com）在线提交申请，打印电子表格，递送到英国签证中心。半年多次往返旅游签证，费用820元。

◎机票：我预订的是国泰港龙航空公司的武汉—香港—伦敦联程往返机票，含税8020元。

◎住宿：在www.booking.com上预订，公寓Grosvenor Red Apartment（3晚563.55英镑）。

结 婚 前 ， 一 定 要 住 一 次 Ｙ Ｈ Ａ ？

曾看过一篇文章《结婚前，住一次 YHA》，建议每个青年人在结婚前，都住一次欧洲或澳大利亚的 YHA（国际青年旅舍），弥补我们青春岁月缺失的重要一课：像一些国家的年轻人那样，背包到世界各地去旅行，住便宜的上下铺，吃自己烹饪的食物，认识不同的人，见识不同的生活，感受不同的人生。

英国之行的第二站，我们准备前往《傲慢与偏见》里伊丽莎白小姐和达西先生向往的度假地——英国湖区（Lake District），在那里，临湖而建的 Ambleside YHA（安布尔赛德国际青年旅舍），让我们领略到了完全不同于伦敦的另一番景象，那就是田园牧歌般的英国乡间生活。

住在英国乡下 YHA

告别伦敦，在前往湖区的火车上，看到窗外漫无边际的绿草地和成片聚集的羊群，我就对住在英国乡下这件事充满期待。

林语堂不是说过吗，"世界大同的理想生活，就是住英国乡村的房子，用美国的水电煤气设备，有个中国厨师，娶个日本太太，再有个法国的情人"。

到达 Ambleside YHA，才知这家 YHA 和我想象中的英国乡村农舍并不一样。虽然它也有尖尖屋顶和木质长窗，而且地理位置优越，旁边就是湖区游轮码头，但房间陈设更像简陋的大学宿舍：上下铺，公共卫生间。住过伦敦宽敞的公寓，再搬进这里，第一眼只有一个感觉：由俭入奢易，由奢入俭难啊！

推开窗，看到屋外湖光山色，豁然开朗。绸缎般的湖水和湛蓝色的天空，瞬间秒杀负面情绪。

黄昏时分，走进如联合国般的公共厨房，站在灶台前，可以透过窗子看到整面山坡，心中给 Ambleside YHA 大大加分。有草坪、落日和羊群做背景，做起饭来，情调顿生。

怀揣着在 YHA 谱写中国传奇的小心思，我和同伴向来自世界各地的住客秀厨艺。因为工序繁复卖相精致，我们的大餐一再被强势围观。有位好奇的外

Ambleside YHA

国大叔，不知是凑巧还是故意，每天在厨房和我们相遇，看我们变花样做饭菜。

说到大叔，我们入住的这家 YHA，也许还没到暑期旺季，所以更像是国外中老年背包客的天下，许多白发苍苍的大爷大妈，穿着大 T 恤、登山鞋，从容走在这个本是年轻人聚集的地盘，吃泡面、喝咖啡，微笑和我们 Say "Hello"。

后来，YHA 出现了一群来参加夏令营的小学生，小朋友们拖着迷你行李箱，有序地排队等待学习皮划艇。

混在不同国籍的老中青幼背包客中间，感觉这真是一个美妙的所在，每个人都亲切友好，和谐共处，轻松自在。

村舍风光

无忧无虑游荡湖边村舍

除了YHA，湖区还有很多美得像童话的B&B(家庭旅馆，提供住宿和早餐)。我们只在湖区留宿3晚，不想搬来搬去折腾，打定主意好好体验 YHA，白天在周边村舍间随意游荡。

英国湖区很大，3个最热门的村镇：Windermere（温德米尔）、Ambleside（安布尔赛德）、Keswick（凯西克），从南到北，依次分布。

我们驻扎的安布尔赛德地理位置还不错：离温德米尔约15分钟车程；到最北端户外运动爱好者热衷的凯西克，半个多小时车程；英国浪漫主义诗人华兹华斯和彼得兔创作者的故居，就在与安布尔赛德约5分钟车程距离的小村子Grasmere（格拉斯米尔）。

1、2 Grasmere 有 100 多年历史的姜饼屋，
房子和店员都像是从童话中出来的

　　湖区交通便捷准时，每天早餐后，搭一班穿梭于各村镇间的 555 或 599 路双层敞篷大巴出门兜风，看到喜欢的风景，就下车溜达一圈：在饱含青草芬芳的山径中散步；在灌木簇拥的小花园喝下午茶；在当地居民家的小院墙边，摘一大朵盛开的玫瑰，学杨二车娜姆别在耳朵上；或者干脆看着白云不想事儿……一切一切，恬静散漫。说得矫情点，住在那种心旷神怡的地方，人都变得矜持美好起来。

　　那么，结婚前，是不是一定要住一次 YHA？

　　湖区小住后，我获得的答案是：YHA 不一定非住不可，但一定要像当地背包客一样，多出去见见世面。见过好的生活，会更懂得如何过好生活。

小镇教堂

Tips

◎ 交通：从伦敦尤斯顿火车站到达湖区温德米尔站，车程约 4 小时，中途需中转。中转停留时间很短，皆是火车小站，换乘并不麻烦。

◎ 住宿：Ambleside YHA 在 www.booking.com 预订，我们入住的 3 人间 3 晚 207 英镑（2012年价格）。YHA 入住时需出示会员卡，淘宝有售，在英国当地办卡，需用当地货币支付卡费，每张 50 英镑。B&B 可在 www.enjoyengland.com 预订。

◎ 游玩：湖区不适合走马观花，至少得小住 3 天，才能体验到其精髓所在。我们全程没有见到一个中国旅游团。在温德米尔火车站游客服务中心，拿张湖区免费地图和巴士时刻表，游玩基本就能心中有数了。哪里最好玩？见仁见智。我个人很喜欢宁静的小村子格拉斯米尔，其次是安布尔赛德和温德米尔。网友力推的户外天堂凯西克，沿途风光也很美。

当你谈英伦范儿时，我谈些什么

"如果只能走访伦敦之外的一个英国城市，那么选择巴斯吧。这个用蜂蜜黄色石头砌成的浪漫城市，坐落在 7 座绿草如茵的山丘间的山谷中，拥有能够起到热疗作用的温泉，把过去和现在同想象和舒适完美地结合在一起。"旅行指南里这样描述巴斯。

选择巴斯作为英国之行的第三站，并不是因为它有欧洲保得最好的古罗马温泉浴场，而是因为《傲慢与偏见》的作者简·奥斯汀曾在巴斯居住多年。她的小说《劝导》和《曼斯菲尔德庄园》大部分以巴斯为背景，绅士和淑女们在此喝茶、聊天、跳舞……这些皆是我心中关于英伦范儿的最早启蒙。

看网上旅游攻略说"巴斯四季阳光灿烂，温暖如春"，经受过伦敦寒冷如冬的 6 月天，我拖着满箱精心准备的"英伦范儿道具"奔赴巴斯，算计着好好"凹造型"一把。

当我穿着长裙戴着宽檐帽挺直了背走在巴斯的街头时，"四季阳光灿烂"的巴斯，突然下起阵雨。

是谁乱写？信攻略，被冻死。

凄风冷雨中，我看到擦肩而过的路人，都是 T 恤套头衫之类的运动装扮，或者风衣围巾装扮，我的"凹造型"要面临的残忍事实是——那顶好不容易从中国扛到巴斯的英伦范儿帽子，随时都会被风吹走，用来挡雨又只会让人变成落汤鸡。

阵雨连绵不断，走一段路，就要落荒躲入临街的商店或咖啡店避雨。因为正赶上巴斯打折季，导览手册上大大的标题写着："Do you like shopping？You'll love Bath."到了成熟年纪，对购物不再那么热衷了，下午茶倒是喝了一家又一家。

英国日常食物乏善可陈，下午茶却不可错过。正宗英式下午茶并不是普通观光客随便能享受到的，比如，众人皆知的伦敦丽兹酒店下午茶，除了必须正装出席，至少还得提前 4 周预订。

　　雨停间隙，我们如抓住救命稻草般，拦住一位头裹方巾挎着小菜篮的巴斯老太太问路，在老人家的热心带领下，找到比丽兹亲民得多，但名声一样响亮的萨莉露餐厅，在那里品尝到了一顿色香味俱全的下午茶点。

　　萨莉露是巴斯最古老的餐厅之一，建于1482年，位于罗马浴池博物馆附近的一条幽静小巷中。它家出售现烤的美味圆面包以及地道英式红茶，此外，地下室中的古建筑遗址厨房博物馆可免费参观。

　　吃着新鲜出炉的酥软面包，喝着口感香滑的红茶，我悄悄观察了一下邻桌英国食客们的姿态，左手叉，右手刀，吃得斯文至极，无论喝茶、喝咖啡，还是吃鱼和薯条，都安静得几乎没有任何声响，看在眼里非常舒服。我瞬间感觉到，如果想要演绎"英伦范儿"，华服洋装倒是其次，用餐仪态值得好好学习一番，否则，分分钟原形毕露。

1 傅雷说巴斯是"精致而美丽的城市"，这里有保留得最完整的乔治王朝风格的建筑和街区
2 到巴斯古老的萨莉露餐厅品味旧时光
3 我在巴斯住的 B&B，主人是伦敦交响乐团大提琴手，屋内终日弦乐轻扬，充满音乐气息

　　在英国匆匆数日，我领略到的"英伦范儿"，不仅仅是伦敦白金汉宫大街上王室贵族举手投足间的尊贵优雅，更是融入乡村古镇大街小巷，一种难以言说、无法简单复制的品位习惯。

旅行，随安而遇

撑 一 支 长 篙 ， 去 剑 桥

"我认识他，在剑桥。是的，就是那个剑桥，剑桥大学，英国的剑桥，徐志摩的剑桥。"这是亦舒师太早年写的短篇小说《是的，在剑桥》的开场白。

因为牛津和剑桥实在太过有名，第一次去英国，除伦敦之外，首先列入我行程表的必去之地就是这两所大学。假期有限，又不想赶路，英国之行的最后一站，去牛津，还是去剑桥？我被选择综合症狠狠折磨一番后，咬牙狠心放弃牛津去剑桥。

学生时代读亦舒的小说，其中天赋异禀的主角，大多毕业或就读于剑桥。比如喜宝，就是剑桥圣三一学院（Trinity College）法学院高才生。看看喜宝的学校，对我来说，比朝圣徐志摩的康桥有吸引力得多。

真的来到剑桥，关于大学的想象和认知被完全颠覆。剑桥大学由 31 个学院组成，每个学院都有独立的院墙和校门，分布在剑桥小镇各个角落。其中最有名的 5 个学院：国王学院（King's College）、王后学院 (Queen's College)、圣约翰学院（St. John's College）、卡莱尔学院 (Clare College)，以及圣三一学院，非考试季可买门票进入参观，其他多数学院不对游客开放。

我抵达剑桥的时间是 6 月下旬，正巧赶上考试期间，只有国王学院礼拜堂和圣约翰学院对外开放。从礼拜堂进入参观，意外发现了连接圣约翰学院、圣三一学院和国王学院的后花园，剑桥最精华的美景凝聚于此：连绵整齐的绿草坪、鹅卵石砌成的巷道、郁郁葱葱的林荫小路以及蜿蜒横穿的一条小河，有人撑着小船穿梭其间，这条小河便是徐志摩笔下著名的"康河"了。

来到这里终于理解，为什么徐诗人说"在康河的柔波里，我甘心做一条水草"。无奈剑桥 6 月天也是孩子的脸，阴晴不定，风好像要把人吹得飞起来，有心乘船的我们只好作罢，在岸边看不怕冷的老外"撑一支长篙，向青草更青处漫溯"。

剑桥培养过近百位诺贝尔奖获得者，10 多位英国首相，无数的科学家、诗人和作家，在我这样的观光客看来，这些显赫历史暂且不谈，800 多岁的剑

剑桥校园里，沉淀着英式优雅的古典气息

桥，一砖一瓦，一草一木，本身就有说不出的魅力。

　　剑桥小镇街道上游客和车辆川流不息，熙熙攘攘，但随便拐入任何一个学院的小巷子，立马就会安静下来，气氛庄严。偶有抱着书本的学生和穿着长袍的先生走过，举止从容，这一幕让我想起《喜宝》里的一段对白："你是哪间学校的？"喜宝淡淡地答："剑桥，圣三一学院。"对方睁大眼睛："你？剑桥？一个女孩子？我并不认识有人真正在剑桥读书。""据我所知，每年在剑桥毕业的都是人，不是鬼。"

　　是的，喜宝的"校友"有牛顿、培根、拜伦、查尔斯王储……那天，我们从后花园进入圣三一学院，得以一窥究竟。在这个剑桥最大的学院，我们看到了创始者亨利八世的雕像，他左手拿着一个金色圆球，右手紧握椅子腿，据说是顽皮的学生放在那里的，之所以没被替换成原始的权杖，是为了提醒人们谁才是这儿真正的主人。大庭院入口有棵被人围观的小树，是传说中牛顿发现万有引力的那棵著名苹果树的后代。

剑桥的康河，不知温柔了多少岁月

　　在剑桥河岸边，我们还邂逅了一场露天婚礼派对。绅士、淑女皆衣着考究，端着酒杯谈笑风生，我八卦地想，新郎新娘应该是在剑桥相识相恋的吧，这样美丽的校园，会发生多少美妙的相遇？

　　从"喜宝的学校"出来，忍不住寄剑桥明信片给远方的闺密，写上书中最有共鸣的一句话："永远拥有很多很多的爱，很多很多的钱，很好很好的身体。"

Tips

◎交通：从伦敦国王十字火车站坐火车到剑桥，车程 50 分钟。剑桥有大巴直达伦敦希斯罗机场，车程 3 小时。

◎住宿：我非常想住在学生宿舍（www.cambridgerooms.co.uk），但无空房，于是改订了 YHA Cambridge（剑桥青年旅舍），步行到火车站约需 5 分钟，到大学城中心约 15 分钟。

◎美食：剑桥有很多中餐馆、中国超市，不必担心吃不惯英国食物。

◎游玩：剑桥不大，适合一日游。

以 艺 术 之 名 逛 威 尼 斯

记得小学时读到一篇课文，说水城威尼斯每年都在缓慢下沉，不知哪一天就会从地球上消失，看得年少的我好着急。长大后，没想到威尼斯还"健在"。

于是，去意大利第一站就赶着和威尼斯打了个照面。

朝圣威尼斯艺术展

抵达威尼斯时，正值"第55届威尼斯双年展"开幕期间，朝圣这个欧洲最负盛名的艺术展是很多艺术爱好者的梦想。我不敢自称艺术爱好者，不过，自从有了几次在欧洲旅行的经历，我开始对艺术感兴趣起来。看展览，逛美术馆、博物馆，通常会首先列入旅行日程。

因为没有买到直达威尼斯的机票，便从米兰入境，坐火车到威尼斯。安顿下来已是傍晚时分，直接吃饭、睡觉，养足精神。第二天起大早，奔赴双年展现场。购票处，每个窗口排队长龙都呈"S"形，可见这一地点有多么受欢迎，等待将近1小时才买到票。

威尼斯双年展主展区在大运河旁边的一座大花园——绿园城堡内，主题馆之外，有不同风格的国家馆。本届双年展参展国有88个，还有数不胜数的各类平行展，时间有限，走马观花，仍然深受触动。

与我一起看展的观众多是老人和学生，看样子他们大多不是专业艺术圈的人，但他们的眼神，一看就是发自内心对艺术的热爱，目光单纯、彬彬有礼、

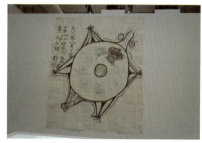

中国艺术家郭凤怡的作品《遥视月球八卦图》

双年展主题馆

安静虔诚，这也是我乐意去看艺术展的原因，但愿能够潜移默化受一点熏陶。

去外岛感受原汁原味的威尼斯

从威尼斯双年展现场出来，沿着运河大水道走到城中心圣马可广场，一路游人如织，不乏随手丢垃圾、大声喧哗的游客。徐志摩笔下忧伤的叹息桥边，围满了兜售廉价旅游纪念品的小商贩，与河道两岸气势恢宏的古老建筑反差强烈……威尼斯主岛已沦为游客的天下。

要看原汁原味的威尼斯，得去外岛。

在威尼斯的第三天，我买了12小时水上巴士通票，去游览三个特色鲜明的小岛：玻璃岛（Murano Island）、彩色岛（Burano Island）、丽都岛（Lido Island）。

玻璃岛因盛产玻璃工艺品而闻名，彩色岛的民居涂着绚丽色彩，宛如童话世界。也许是太经典太有名，这两个小岛游客密集度并不低于威尼斯主岛，挨家挨户的纪念品商店，让我有些许的失望，好在之后的丽都岛之行稍稍弥补了一下这个小小的遗憾。丽都岛是离威尼斯最近也是最大的外岛，每年8月底，威尼斯电影节在此举行。相比商业化程度较高的玻璃岛，这里难得地宁静宜人。我在街边买了一只意大利双色球冰淇淋，边吃边逛，直到夕阳西下才打道回府。

迷宫偶遇

很多旅游攻略把乘坐贡多拉列为去威尼斯不可错过的事情，不过在威尼斯为贡多拉埋单的只有游客。我学当地人，远路搭水上巴士，短途靠双腿。威尼斯主岛并不大，水道和小桥星罗棋布，城中没有机动车，各个角落均步行可达。

我住的公寓在圣马可区一个闹中取静的小巷内，离圣马可广场、圣马可大教堂约5分钟路程。每逢整点，威尼斯钟楼浑厚的钟声，响彻房间，仿佛时光穿越。如此好地段，有时出门走了10多分钟，人却还在原地打转，或是南辕北辙。地图在威尼斯并不管用，只要一离开大水道，进入小巷，就如同陷入迷宫，只好乱走。

不过，迷路倒不时有惊喜。有一天，去超市买菜途中，看到一个开满白色花朵的庭院，推门而入，正好主人——一位慈眉善目的老太太从外面回来，她告诉我们，这栋家传的宅子有100多年历史了，喜欢就来玩吧。

我喜欢这样的偶遇，还有跟街头水果摊主讨价还价，去超市冷柜挑选新鲜瘦肉，在公寓厨房用西餐刀削土豆皮，会生出一种自己也是威尼斯老街坊的错觉。

后来，我不再迷路，能熟练地找到去轮渡码头的最快路径，但离开威尼斯的日子也到了。于是心满意足地前往下一个艺术之城——佛罗伦萨。

威尼斯的贡多拉

威尼斯的风情总离不开水，到处都是蜿蜒水巷

迷宫偶遇

到佛罗伦萨寻找心中的翡冷翠

徐志摩给佛罗伦萨（Florence）译了一个令人浮想联翩的名字：翡冷翠。

这里不仅是文艺复兴的发源地，也是意大利中部风光迷人、种满葡萄和橄榄的大区——托斯卡纳的首府。

陈丹燕曾写过，来生愿做托斯卡纳的一棵树，"一生一世，面对的只是在阳光里宛如流蜜的绿色大地，这是多么好的来世"。

因为这一切未曾谋面的好印象，在意大利旅行期间，我预留了最多的时间给佛罗伦萨，以寻找心中的翡冷翠。

看不见风景的房间

以佛罗伦萨为拍摄背景的英国电影《看得见风景的房间》，影片开头，女主角露西来到佛罗伦萨度假，房间却没有想象中能看见风景的窗户……

非常戏剧性的是，我到达佛罗伦萨后也遭遇了相似的一幕。来到原本预订好的公寓，打电话给房东，被告知门牌不对，折腾到新地址，房间与我在网上看到的图片完全不同。

我预订了佛罗伦萨新圣母火车站附近一间精致古典的小公寓，实际入住的房间却是现代复式公寓装修，5个卧室，2个卫生间，住10个人也绰绰有余，而且在5楼顶层，老式公寓楼没有电梯，我拎着沉重的行李箱爬楼梯，很是崩溃。

给订房网客服打了一通投诉电话也没有解决问题，只好将就住下来。房东也觉得莫名其妙，他说自己的地址一直没变更过，怎么网站会出现错误呢？好在房费没有因故额外增加。窗外的马路正对着火车站，步行五六分钟就到候车厅，交通很方便。

我安慰自己，失之东隅，收之桑榆，就这样在佛罗伦萨安顿了下来。

翡冷翠第一印象

　　佛罗伦萨面积不大，主要景点非常集中。

　　整个城市以阿诺河和横跨河上的老桥为界，一边是托斯卡纳大公的住所皮蒂宫（Palazzo Pitti）和波波里花园（Giardino di Boboli），另一边乌菲齐美术馆（Galleria degli Uffizi）、市政广场（Piazza della Signoria）、圣母百花大教堂（Cattedrale di Santa Maria del Fiore），依次相连。

　　两三天时间，基本可游完以上景点，全程步行也不累。

　　我第一站是去看老桥，当年但丁就是在这里遇见并且爱上贝德丽采的。如今，桥上但丁的雕像前，被来自世界各地的情侣们挂满了同心锁。桥两边扎堆的黄金珠宝店铺，看上去和国内旅游景点纪念品商店没什么区别。

1、2 乌菲齐美术馆门口的行为艺术
3 上教堂穹顶，俯瞰佛罗伦萨

不远处，金色阳光笼罩下的皮蒂宫和波波里花园，气势恢宏，但不惊艳。

第二天打算泡在乌菲齐美术馆，清早过去，排队长龙一眼望不到头，于是放弃参观，一心前往圣母百花大教堂。这一路的露天广场和街巷，散落着文艺复兴时代佛罗伦萨最美的遗迹。

走到圣母百花大教堂，毫无准备地被眼前的景象震撼、惊呆。终于忍不住排长队，在狭窄的楼梯上绕了无数个圈，爬上教堂穹顶，俯瞰佛罗伦萨城，红瓦灰墙，与明信片上一模一样的风光，散发着中世纪以来沉淀的历史沧桑，这才是"翡冷翠"应有的样子吧。

锡耶纳意外惊喜

佛罗伦萨人口不到 40 万，走在街上，却处处摩肩接踵，仿佛全世界的游客都涌来了。

在欧洲旅游旺季，游览这座热门的旅游城市实在不是明智之举，苦于没有足够的时间深入电影《托斯卡纳艳阳下》中那样的乡间，离开佛罗伦萨前一天，我另辟蹊径，坐了一个多小时的火车去中世纪小城锡耶纳(Siena)，试图看看托斯卡纳的另一面。

有人说，锡耶纳是意大利最有魅力的古城，没有之一。此话不夸张，锡耶纳很好地保存了中世纪原貌，来这里的游客少了佛罗伦萨的行色匆匆，他们背着水壶，带着野餐垫，在形似贝壳的田野广场上，晒太阳、吃野餐、看书、睡觉……气氛宁静、自在。

锡耶纳，完美地填补了我在佛罗伦萨由无限期望到无数遗憾之间的心理落差，现在回想依然觉得不虚此行。

我 的 罗 马 假 日

在意大利旅行的最后一站，我到达了罗马。

相比向往已久的佛罗伦萨，我对罗马并无太多期待，听过太多关于罗马治安差、小偷多的评价，我做好充分的心理准备面对"脏乱差"的罗马，为的只是看一眼电影《罗马假日》里，奥黛丽·赫本足迹遍布的街巷。

这样的旅行，于我，就像是一种还愿。

期望越低惊喜越多

去意大利之前，身边不少朋友好心叮嘱我，一定不能放松安全警惕，尤其是在罗马，"出了名的扒手多"。搞得我这个有 10 年自助旅行经验的人，突然有些忐忑起来，准备了最轻便的装备上路，好随时跟窃匪们斗智斗勇。

在意大利的前 3 站，我去了米兰、威尼斯、佛罗伦萨，尽管游人如织，我谨慎的小心脏却并没有遭遇偷盗抢劫的惊吓，直到顺顺利利地抵达罗马 Termini 火车站，在地铁自助售票机前看到不想见到的一幕：

2 个彪悍的吉卜赛女人，拦着地铁入口处的售票机，强行帮乘客买票，讨要小费。我和同行闺密很礼貌地告诉对方，自己会操作，不必麻烦她们帮忙。话音刚落，其中一个吉卜赛女人张开双臂，大半个身躯横在售票机前，我们见势赶紧转身走开。找到地铁站转角处安全的售票机，自助买好票。回头发现，真有摸不着头脑的游客，把钱递给吉卜赛女人，眼睁睁地被敲诈。

地铁站的插曲让我整个罗马之行都小心翼翼。其实，接下来的 2 天，没有发生任何不快，一路上，都有热情的当地人指引带路，友好地提供各种帮助。

有时候，期望越低惊喜越多。罗马给我的感受就是这样的。

在梵蒂冈见到教皇

在罗马的更多惊喜，来自在梵蒂冈亲眼见到教皇。

贝尼尼设计的圣彼得广场，周日朝圣的信众已散去

　　这个四面与罗马接壤的城中国，是世界天主教中心，每个周日正午，教皇会出现在梵蒂冈正中央的圣彼得广场，接见全球各地涌来的信众。

　　我到达罗马的时间正好是周日，虽然不是信徒，但出于好奇，放下行李就赶往梵蒂冈。可惜还是迟到了，广场上只留下空空座椅。顺着一旁还没有散去的人群，排队进入圣彼得大教堂参观，没想到，赶上了教皇主持弥撒。

　　隔着人潮，隐约看见教皇身着白色长袍，站在圣殿中央。非信徒只能远观，我和闺密灵机一动，假扮成信徒，得以进入弥撒现场，坐在长椅上，看教皇带领信徒祈祷行礼。

　　当全场起立唱诗的那一刻，我也跟着站起来，内心仿佛被什么东西击中了一下，被周围神圣、肃穆的气场深深震撼。当然，如果没有赶上弥撒，单抬头观望，也会被米开朗基罗设计的教堂穹顶震撼得说不出话来。

　　梵蒂冈是世界上最小的国家，面积仅相当于北京故宫的 3/5，环顾其四周，圣彼得大教堂、梵蒂冈博物馆……每一寸领土，都是藏满无数大师杰作的艺术殿堂。

圣彼得大教堂，阳光从穹顶射下来，恍若沐浴在圣光中　　梵蒂冈博物馆藏有大量文艺复兴时期的艺术杰作

沿着赫本的足迹

从梵蒂冈出来，直行穿过圣天使桥，圣天使堡（Castel Sant'Angelo）就在眼前了。电影《罗马假日》里出逃的安妮公主，就是在圣天使桥下台伯河边参加理发师的舞会时，被人发现并带回宫中的。

再步行往前，会经过万神殿（Pantheon）、纳沃纳广场（Piazza Navona）——罗马最漂亮的巴洛克广场。

我住的公寓在赫本曾坐在其台阶上吃冰淇淋的西班牙广场（Piazza di Spagna）附近，旁边就是地铁站，乘坐 B 线可到古罗马斗兽场（Colosseo），之后，如果步行返回公寓，会经过威尼斯广场（Piazza Venezia）、许愿池（Fontana di Trevi）。

不用刻意寻找，在罗马街头，很容易就能看到电影中的经典场景，数不胜数的著名建筑。罗马本身就是一座露天历史博物馆，每一块石头都有故事，都值得驻足观望。

2 天时间，我用双脚几乎走了大半个罗马城，黄昏时分，路过游客拥挤的许愿池，听人说，背向喷泉朝水池中投一枚硬币，就可以实现重返罗马的愿望。

我没有投币许愿，但我想我一定会再来罗马。

古罗马遗址帕拉迪诺山

Tips:

◎签证：意大利属欧洲申根国家，办理申根签证可从意大利入境。

◎交通：游览威尼斯、佛罗伦萨、罗马时，城市之间交通工具可选火车，出发前 1 个月，在意大利铁路公司官网 www.trenitalia.com 买好全部车票，提早购票比在火车站现场买票优惠省时。

◎食宿：出发前提前 1 个月在网上预订好，建议全程入住带厨房公寓，午餐在外面吃，早餐和晚餐自己去超市买菜回来做，可以深入地体验一把当地人的感觉。

◎语言：不会意大利语也无妨，英语搞定一切。

◎货币：欧元，提前在国内换好零用钱以备不时之需，餐厅、商店、景点消费刷信用卡非常方便。

◎游览：如果是自助游，可以先规划好大致的游览方向，并做些攻略，平日里看书、看电影积累的关于意大利的常识会对游览有所帮助，个人的体验是，先前积累越多，到了当地收获就越多。

许愿池

古罗马斗兽场

西班牙广场复古马车

玩转"国中国"——3小时暴走摩纳哥

如果说这世上有什么地方一生必去一次且去一次就够，我想，摩纳哥（Monaco）应该列入其中。

这个面积不足 2 平方千米的袖珍国，是梵蒂冈之后世界第二小的国度。全境除了靠地中海的南部海岸线外，三面皆由法国包围，中间狭长的一条便是领土全部。

因为免收个人所得税，摩纳哥吸引了大量富豪移民，成为传说中的"富人天堂"。摩纳哥港口的私人游艇到底有多密集？赌场前的跑车到底有多高级？我探访法国南部小城尼斯、埃兹之余，顺道前往摩纳哥满足了一下好奇心。

摩纳哥地处法国南部，那天，我们参观完蔚蓝海岸之都尼斯附近的中世纪小镇埃兹之后，便动身前往摩纳哥，全程只花了 20 多分钟。从一个国家到另一个国家，比平时从家到单位还便捷，简单到过境不需任何手续。

有人说，摩纳哥的国境就是成排的游艇和没有边际的蓝色海岸线。此话很贴切。进入摩纳哥境内，向外眺望，湛蓝的海湾里停满了白色游艇，辽阔的地中海一直伸展到天际。

据说，这里每晚的停船费高达几千欧元。许多沙特阿拉伯超级富豪，都偏爱坐游艇来摩纳哥看 F1 方程式大奖赛。在富人们看来，游艇是襟怀与品位的象征。加上无需向摩纳哥政府缴纳一分钱税金，全世界的有钱人都涌来，游艇如织，也就不足为奇。

摩纳哥麻雀虽小，五脏俱全，走马观花最少也需要半天时间才能游览完。因时间预算有限，又贪心地想看遍全城，我们开始了 3 小时暴走之旅。

第一站参观的是摩纳哥圣尼古拉斯大教堂，这座建于 1875 年的拜占庭风格白色建筑，设有装饰精美的祭坛与宝座，是 1956 年好莱坞明星格蕾丝·凯莉与摩纳哥亲王兰尼埃三世举行婚礼的教堂，格蕾丝王妃死于车祸后也葬于此地。

从大教堂出来，穿过迷宫般狭窄古朴的老街巷，便来到摩纳哥王宫广场，广场上每天上午 11:55 会上演卫队换岗仪式。

旅行，随安而遇

地中海

湛蓝的海湾里停满了白色游艇

摩纳哥王宫由皇家公寓、拿破仑纪念馆和皇宫历史成就收藏馆组成。每年4—10月，皇家公寓对公众开放；1—10月、12月拿破仑纪念馆和皇家历史成就收藏馆对游人开放。我们抵达时，正值11月闭馆期，只在广场拍了几张到此一游的照片便离去了。

继续往前走，摩纳哥港湾和蒙特卡洛区就在眼前，低头观望F1赛道一览无余。

作为世界第二小的微型国家，摩纳哥没有工业，主要以赌场、旅游业和银行业为主，著名的蒙特卡罗赌场为摩纳哥带来了财富与繁荣。

我知道蒙特卡罗赌场是因为它是杨澜《凭海临风》中的文章《泪洒蒙特卡罗》的事发地。

杨澜将蒙特卡罗赌场描述成"一个巨大的宫殿"，"铺着红地毯的殿内，摆满了古董，挂满了名画，每一张桌椅都装饰着考究的镶金雕纹，颇显出些年代。如果没有那些荧光闪烁的老虎机（一种赌硬币的机器），提醒人们这里是一个赌场，真要以为自己走进了一个艺术博物馆"。

18岁以上的成人出示身份证件，可进入赌场参观并游玩。我对博彩一窍不通，跟着同行的朋友凑热闹，进去一探究竟。论其规模，可能远不如澳门的一些娱乐场所壮观，但正如杨澜所说，这里装潢的精美程度堪比宫殿。

比赌场本身更让我感兴趣的是门前云集的各式昂贵跑车，宛如浓缩版世界豪车展。阿斯顿·马丁、法拉利、保时捷、兰博基尼、宾利、玛莎拉蒂、劳斯莱斯、迈巴赫……还有好多我根本叫不出名字。

蒙特卡罗赌场外的广场，是摩纳哥最金碧辉煌的地带，左侧是巴黎大饭店，右侧是巴黎咖啡馆。

离开前，我们在露天雅座点了下午茶，假装岁月静好现世安稳的样子，轻啜着，与摩纳哥道别。

1、2 摩纳哥街头偶遇衣着考究的行人和帅气的警察

"退 隐" 澳 大 利 亚

早年看亦舒的小说，小说中的主角在职场或情场失意后，通常会去加拿大或澳大利亚，转身开启人生精彩新旅程。这样的桥段，常常勾起我想要前往一探究竟的冲动，也为自己寻找"一条人生退路"以备不时之需。

珀斯开启"土著"生活

澳大利亚位于南半球，国内冬天时他们正好是夏天，地广人稀，风光旖旎，气候宜人，成为越来越多的中国人春节旅行的目的地。不过，团队游客多在旅游资源成熟的东部地区，如悉尼、黄金海岸一带，我们不喜欢凑热闹，选择从宁静的西澳大利亚州首府珀斯入境，再向南澳大利亚州、维多利亚州慢慢游玩。

广州直飞珀斯，有 8 小时飞行距离，珀斯与中国无时差。我们乘坐的航班夜间飞行，清晨抵达，落地便在城市中心美丽的天鹅河（Swan River）边，航班抵达后，我们找了家舒适的咖啡店，吃早餐喝咖啡。

《喜宝》中姜喜宝的妈妈中年时成功移民珀斯，改写了曾经一败涂地的生活。珀斯是世界宜居城市，这里生活节奏自在轻缓，远离世间尘嚣，我和小伙伴们也不紧不慢地开始了"土著"般的生活。

那天是周末，我们到当地特色食材店、工艺品店云集的弗里曼特尔（Fremantle，当地人喜欢称之为 Freo）周末市集，采购新鲜奶酪和水果，看一群老人抱着吉他在小酒馆里自娱自乐，在海港露天餐厅吹海风、吃海鲜、喝白葡萄酒，直到微醺。

可能有人会觉得争分夺秒多玩几个景点才对得起昂贵的机票钱，而我更愿意多花些时间去体验不同的生活方式，哪怕只有一两天，日后回想，这些记忆都是平凡人生的闪光点。

我们预订了天鹅河边带厨房的酒店公寓，有了在珀斯临时的"家"。家的味道离不开人间烟火，所以做饭成了我们同行九姐妹最其乐融融的主题。早上，我们在家里做早餐，秀外慧中的杨洋小姐，主动出马给姐妹们熬粥、煎鸡蛋，其他姐妹抢着切水果、做清洁、洗碗，在温馨的气氛中做出丰盛的一餐，慢悠悠吃完，然后到国王公园准备烧烤野餐：这回能干乖巧的婷婷做主厨，烤肉、烤虾、烤玉米，全不在话下，姐妹们都不甘示弱，轮番上场秀厨艺。

简单的食材，简陋的环境，众姐妹大显身手。记得美食专栏作家殳俏曾说，小时候家里老人跟她讲："做女人最失败的是做成怨妇，做饭最失败的是做成一股怨气。"我们嘻嘻哈哈中做出来的食物，满是爱的味道。

公园里还偶有做瑜伽的老人，我和姐妹们远远地凝视很久，内心充满感动，我感动于生命中偶遇的这些美好的人，她们没有输给忙碌、琐碎、压力和疲惫，毫不矫情地充满感知世界和丰富自身的无限热情……这种与钱无关的幸福，只要用心感知，谁都能拥有。

酒馆里，抱着吉他自娱自乐的老人

国王公园，做瑜伽的老人

异国他乡的丰盛早餐

一眼爱上阿德莱德

旅程第二站，抵达南澳大利亚州首府——阿德莱德（Adelaide）。阿德莱德的氛围和欧洲很像，保存完好的古老建筑，街头巷尾浓郁的艺术气息，让我一见倾心。

我们入住的公寓离阿德莱德大学不远，周边咖啡馆、餐厅、甜品店林立，小街小巷很有情调。虽然告别学生时代很久，我依然有着挥之不去的校园情结，在国外旅行，常常喜欢逛当地著名学府，阿德莱德大学当然也在我的行程之列。它就坐落在市中心最具历史文化氛围和人文气息的北大街(North Terrace)，校园没有围墙阻隔，一旁的州立美术馆，也免费对所有人开放。漫步其间，与当地人擦肩而过，彼此同时放慢脚步礼让对方，我情不自禁地想，一个城市的人文素养与艺术细胞，也许就是在这样不设防的氛围中积淀下来的。

农历大年三十，前往阿德莱德最著名的葡萄酒之乡——芭萝莎河谷（Barossa Valley）的奔富酒庄吃除夕大餐。澳大利亚葡萄品种之中，西拉子（Shiraz）最出色，而最好喝的 Shiraz 红酒就出自奔富酒庄。我们预订了排名全球顶级餐厅之列的奔富酒庄最经典的终极套餐——八道菜，七款酒。虽然价钱有点小奢侈，但是犒劳一下辛勤工作一年的自己并不过分。旅行不是生活的常态，在能力范围内，尝试给自己高贵一点儿的生活，并不为过。什么都追求好的，什么都会好一点，这是我一贯的价值观。

姐妹们穿着精心挑选的长裙礼服，在布置优雅的长桌前坐下，轻啜慢饮，愉悦交谈，一顿饭吃了5个小时，情很足，调亦足，感觉如梦似幻。告别时，餐厅经理知道那天是我们的重要节日，特意给每个人赠送了一盒手工巧克力。这一晚的时光，我相信会长久地留在大家的记忆深处。这便是好的旅行带给我们的附加值：原来生活真的可以很诗意，很多想象中高不可攀的事，我们完全有能力可以体验一下。

把中国风刮进袋鼠岛

天天在吃吃喝喝中度过，澳大利亚让我震撼的美景到了袋鼠岛（Kangaroo Island）才看到。

袋鼠岛是仅次于塔斯玛尼亚岛的澳大利亚第三大岛，名副其实，袋鼠比人多。坐车穿行在岛上，道路两旁随时会有袋鼠跳出来，考拉也遍布岛上的各个角落，成群的牛羊在阳光下低头吃草，那画面很美。

我们入住的小村庄，当地居民仅有254人，我们9个中国人的到来也成了一道风景。岛上消费很高，一般旅行团游客通常会选择参加当地一日游，早上从阿德莱德乘船来袋鼠岛游览，晚上回市区住宿，而想要领略岛上纯粹原生态的风貌，至少得住一两天，慢慢感受。我们选择了后者，多花一点钱，换取一些独一无二的人生经历，我认为是值得的。

我们住宿的房子建在海边，潮汐拍打海岸，床会跟着晃，像睡在摇篮里，很过瘾。早晨醒来，推开阳台的窗户，便能欣赏太阳跃出海平面的美景，四周静谧无声。

站在非凡石和旗舰拱门边，看惊涛拍岸，卷起千堆雪，海狮、海豹旁若无人，自在地嬉戏，那种壮美，很难用语言描述，大自然的魅力，百闻不如一见。久居城市的人，很有必要来此洗涤心灵。

离开袋鼠岛，坐车沿石灰岩海岸向维多利亚州大洋路进发，途经十二门徒石、伦敦桥……一路风光如画。难忘的是夜宿石灰岩海岸甘比尔山一个花园酒店，酒店因占地2公顷的花园和获奖无数的牛排餐厅，而远近闻名。晚上我们去牛排餐厅用餐，误入宴会厅，邂逅了一场婚礼。宾客们友善地和我们这群不速之客打招呼，主动摆Pose，配合我们拍照。花园酒店每间卧

芭萝莎河谷玫瑰庄园主人拿出自家陈酿迎接我们

袋鼠岛

芭萝莎河谷心脏，南澳大利亚州最著名的酒庄都聚集于此

室后门都连着花园草坪，我们坐在各自的露台上，看夕阳，看日出，看翠绿满园，看云卷云舒……旅途中最好的时光，也不过如此吧。

墨尔本一日浮光掠影

墨尔本，是我们在澳大利亚的最后一站，只有一天时间短暂停留。姐妹们带着亲朋好友的重托，分头行动，购物扫货。我乘坐有轨电车，开始墨尔本逛吃之旅。

墨尔本是一座典型的移民城市，有许多移民特色街区，如中国城唐人街、小意大利、越南街等，移民将家乡的美食带到这里，也将离开家乡时的地道古早味带到了这里。有时在国内吃不到的传统风味小吃，说不定在这儿的国外移民餐厅能吃到。美食家蔡澜曾评价："世界上最好吃的越南河粉不在越南而在墨尔本。"那天在街头漫无目的地闲逛，居然逛到了蔡先生称赞的"勇记越南河粉店"，心满意足地吃到了传说中鲜掉眉毛的越南河粉。

墨尔本还有很多品位不错的咖啡馆和酒吧，以及出售精品服饰、艺术品的拱廊小巷，走进去，历史的优雅气息扑面而来。街边门脸低调的老房子，门口挂着小黑板，小黑板上用粉笔写着菜谱，下班换装后打扮光鲜时尚的男女款款入内。在柏克步行街，我被一家酒馆温暖复古的烛灯吸引，推门而入，发现是一处露天小酒吧。桌子摆在高楼夹缝间狭小的弄堂里，忽明忽暗的灯光，打在一张张轻松开怀的脸上，我突然想起陈丹青曾说过，他第一次去美国时，迎面碰到的都是没有被欺负过的脸。在墨尔本街头，我非常能理解这句话。

自由，开放，融合，这是浮光掠影中的墨尔本留给我最深的印象。

这不是一次面面俱到的旅行，却让我收获无数感动。12天旅行，不足以了解一个城市、一个国家，所有新鲜的、有趣的、欢乐的、劳累的感受，随着回程飞机平安降落，告一段落。

人生如有退路，如亦舒所言，"退隐"澳大利亚享受最原始本真的生活状态，不失为一个好的选择。

1、2 大洋路沿途风光
3 墨尔本街头

151

我 在 美 国 的 "家"

每次旅行，在我心里最值得期待和回味的，永远不是风景名胜，而是在当地的居所度过的美好时光。比如，在巴黎公寓外的小阳台吃早餐，在伦敦客厅的落地窗前听音乐，在京都的庭院里泡温泉……我喜欢将旅途中这些暂居之地，称为我在某地的"家"，它们让我真正体验到生活在别处的感觉，也让我看到生活的无限可能。

这些年出门旅行我基本不做游玩攻略，唯一花时间准备的就是博览订房网站，找目的地最有特色的住宿。有时是精品酒店，有时是独立公寓，有时是当地人家。

2016 年春节和两个闺密小小莎、杨洋去美国，我们全程 15 天到过 6 个城市，其中在旧金山、洛杉矶、圣地亚哥、印第安纳波利斯 4 个城市的住宿都是通过 Airbnb 预订的民宿，住在美国人家里。

看到它的第一眼，就被其美貌深深吸引

旧金山的"家"

我们旧金山的"家"是一栋百年老宅，看到它的第一眼，就被其美貌深深吸引。

房东告诉我们关于老宅的过去，听起来也很有趣。1894 年，做皮草生意的马克思兄弟，在市场街建造了这栋房子。第二次世界大战后，旧金山人口膨胀，这里变成公寓，还曾一度成为女同性恋旅馆，嬉皮士也搬来住过。

10 年前，Jyri 和 Caterina 成为宅子的新主人，他们喜欢东方文化，热爱收藏古董，经过精心打理，家里已宛如一个小小博物馆。与博物馆不同的是，

沉淀了无数过去的百年老宅

通往房间的楼梯

屋内随处可见的古董摆件、家具，不仅仅用来观赏，还当日用品使用：书桌上，随手放着玉器当镇纸；卫生间里，螺钿盒子装棉签；浴室也充满着无处不在的艺术气息。

宅子二楼有带着阳台、落地窗的两间卧室，是完全属于我们三人的私人空间。一楼是客厅、书房、餐厅，这些区域，我们和主人夫妇还有他们的女儿、狗狗共享。

宅子所在的街道，斜对面是旧金山著名的维多利亚式建筑——六姐妹别墅，阿拉莫广场就在不远处。我们却根本不想出去玩，每天睡到自然醒，这美美的房间，就够我们玩一年。

在这个"家"住了3晚，离开的那天早晨，穿上为此行量身定做的姐妹装，拍了一组照片留作纪念。衣服是我在出发前找布找裁缝手工做成的，一样款式三种颜色：绿色优雅，红色娇美，蓝色恬静，好比这个家里各有千秋的三姐妹。

洛杉矶的"家"

洛杉矶的"家"在好莱坞山，是一栋20世纪20年代西班牙风格的建筑。整栋房子我们三人住，卧室在三楼，视野开阔，通透自在。房东夫妇和他们的狗，生活在后院另外的房间。

房子一楼是花园露台，二楼是客厅、厨房。房东夫妇想必也爱旅行，房子里陈设着来自土耳其的茶具、意大利的陶碗、日本的唱片。

早上醒来，阳光晒到被子上、地毯上，新的一天就这样拉开灿烂序幕。出门步行到星光大道、环球影城，不过大约10分钟距离，我们大部分时间却更愿意待在"家"里，喝茶、聊天、拍照。这个"家"实在太美，已不忍花费时间在其他地方。

大隐隐于市，靠近一切，又与世隔绝，这种感觉，实在太逍遥。

洛杉矶"家"里的大露台

洛杉矶的"家"，在好莱坞山，是一栋 20 世纪 20 年代西班牙风格的建筑

圣地亚哥的"家"

我们圣地亚哥的"家"，在老城，一个安静宜人的居民区。

到达时，房东有事不在家。按照她的短信提示，自己取钥匙、开门、进屋，三人不约而同地惊叹，一切超乎想象地好。

地板亮得发光，家具陈设简洁有质感，开放式厨房、餐厅一尘不染，有两个客厅、一个书房，室内面积比前面两家还要宽敞，房费却是我们所有住宿中最便宜的。

凭感觉，我们把行李箱拎进两个相连且没有锁门的卧室：一间色调是果绿色，一间粉红色，墙上挂满原创画作，应该出自主人两个女儿之手。

房东回来，惊讶我们直觉如此之准。她说，自己平时一人住，两个女儿在外面工作、上学，她将闲置的卧室用来出租。大女儿喜欢植物和鸟，绿色卧室墙上挂的都是她的作品；小女儿是狮子座，粉色那间的画作皆由小女儿手绘。

房东第二天一早要出去工作，她先教我们如何使用厨房、车库，这时我们才发现，家里还有一个能同时容纳两辆车及杂物的宽敞车库，和长满果树、有壁炉、烧烤炉可以聚会的后花园。

那天正巧是房东生日，她说男朋友会来。因在圣地亚哥停留时间短暂，当地旅游局给我们安排了丰富的游览活动，玩到晚上回来，看到客厅有个气球，上面写着"Happy Birthday"，我们八卦地猜一定是男朋友送的吧。

退房离开时，我们拿出一瓶从旧金山带来的红酒作为生日礼物，送给房东太太，她惊喜地和我们一一拥抱，道别时依依不舍。

我希望以后还能有机会回来小住些时日，不光贪图这里的安逸，也因为房东本人。她是位笑容开朗、气质知性的中年女子，看她的家就知道她极其热爱生活，且努力上进。我们抵达那天，她外出晚归，是因为上进修课。这样的女人，是不是很励志？我觉得，她拥有再好的房子、再好的生活，都不过分。

我们圣地亚哥的"家"，
在老城，满是安静古朴

简约又带些许艺术感的
客厅

长满果树、有壁炉的后
花园

几乎每个美国家庭中都有暖暖的壁炉

印第安纳波利斯的"家"

我们印第安纳波利斯的"家",位于宁静幽美的城郊村庄,屋子被树林和河流环绕。

房东是一对年过 80 的夫妇,我们喜欢称他们爷爷奶奶,他们有 6 个孩子,都已成家立业,家里平时住着老夫妇俩和他们的一对可爱小狗。

我留意到一个细节,狗狗、钢琴或吉他、壁炉,是我们住过的这些美国家庭的标配。

这家供应早餐,房东奶奶提前写邮件问我们想吃什么,有没有忌口。

我们依然任性地睡到自然醒,早上听到房东爷爷喊:"姑娘们,下楼吃饭了。"恍若回到小时候自己爷爷奶奶家。

与房东夫妇共进早餐　　　　　　　　　　　　　　　　　　家庭相册

将艺术融入家的氛围，格外温馨

　　他们做了一桌丰盛的早餐，等我们一起吃，并跟我们聊起他们家族的故事。爷爷祖先是德国人，奶奶年轻时是护士，喜欢艺术，家里挂的油画全是她亲手画的；她还是当地博物馆的志愿者。直到现在，奶奶仍坚持每周到博物馆义务讲解亚洲文化艺术。

　　大家就这样说说笑笑，时光都融入到了"家"的温馨里，连餐桌上的银壶和白烛看上去都那么温暖人心。我们在墙角放了一台用三脚架支着的摄像机，记录下这个美好的早晨。

　　当然，如果没有照片，这些经历也会印在我记忆深处，不会磨灭。我想，这就是旅行之于我的意义：将向往过的日子，变成真实人生的一部分。

注：美国配图摄影小小莎。

Part4

好 旅 行 不 高 冷

旅 行 的 时 间 和 钱 从 哪 里 来

　　自从开始写旅行专栏，我走在路上碰到熟人或有读者给我微信留言时，对方通常开口会说以下三句话："你最近又去哪里玩了？""好羡慕你有那么多时间出去玩。""做旅游记者真好，经常免费到处玩啊。"

　　我只好哭笑不得——辟谣：我跟你们一样，上班时间天天在上班啊。下次遇见，对方仍会说同样的话。

　　显然这样的对白，相当于"你吃了吗"，不必较真。但重复次数多了，我觉得很有必要跟大家聊聊旅行的时间和钱从哪里来。

　　作为一个爱旅游的普通上班族，职业、时间和钱，都没有给我出行带来多少优越感。我专栏里写到的地方，99% 是我利用大小黄金周、年假等法定公众假期，自费前往的。旅行的关键条件，并不是很多很多的钱和可以随意挥霍的时间，而是人的价值观，愿意为自己热爱的事物去行动，去埋单。

　　你想去哪里，放假就去。私人旅行和因公出差，所获感受完全不同，根据

在东平路洋房 Sasha's 西餐厅，品味老时光沉淀的味道

自己内心的召唤去旅游，比被动等待别人邀请要靠谱得多。

比起买房、买车、娶美女、嫁富豪，旅游是最易实现的人生追求，因为——无门槛，主动权掌握在你手中。相信我，如果你真喜欢旅游，只要你迈出第一步，立刻就能体会梦想成真的快乐。

时间挤挤总会有

先说我听到最多的吐槽："我也好喜欢旅游，可是没时间。"

亲爱的，你不是美国总统，你和我一样，每年可以享受长短不一的法定公休假日：春节、国庆节2个7天；元旦、清明节、五一劳动节、端午节、中秋节，5个3天；周末一年累计100天左右；工作满1周年，还有至少5天带薪年假。如果你是老师、外地职员，你还比我多寒暑假、探亲假。每年把这些假期利用起来，去一些想去的地方，几年积累下来，你甚至可以环游世界。

说到环游世界，我从未奢望在多少天内囫囵吞枣游遍全球。我喜欢深度自助游，到各地体验不同的生活。我的心得是：有生之年，一步步去我向往的地方，不给自己太多心理负担。

从2004年我大学毕业参加工作起，每个假期，我会和闺密们约好，自助出去旅游。7天长假，会选择丽江、青岛、大连、厦门、三亚……这些距离武汉较远的旅游目的地；3天假期，会选择上海、杭州、苏州……这些武汉周边的旅游城市，几年下来，国内几乎走遍。

虽然多是热门旅游城市，但我通常不会去旅行团扎堆的热门景点，而是逛自己感兴趣的街头巷尾。比如在上海，人山人海的外滩对我并没有太大吸引力，我更喜欢窝在东平路的老洋房咖啡馆看一下午书；在厦门，我没有住在游客爆满的鼓浪屿，而是预订了厦门大学国际学术交流中心，站在房间阳台上一样可以看大海……去一个地方之前，我会做详细的功课，通常是看关于当地的有代表性的书、电影、历史建筑资料，我很少读网上的游记，每个人的品位和兴趣

在意大利佛罗伦萨小巷瞥见如时光穿越的旧时马车

点不一样，我喜欢跟着自己的感觉走。发现哪里不错，就多待一会儿，要是没感觉，就算眼前面对着名山大川，也会转身就走。

我不喜欢赶路，这次游不完，就下次再去，我不需要向人证明到此一游过，也不认为反复去同一个地方是种浪费。所以，我的假期，总是节奏缓慢，步调闲适。

2009 年夏天，我达到带薪休年假工龄，5 天年假加上前后 2 个周末，一共 9 天假，想看更远的风景，于是就和闺密相约一起去东京，那是我们第一次出境自助游，一句日语不会的我们，没有任何不适。从日本回来，我的心态发生了一些奇妙变化，对于想要什么，能得到什么，有了新的认知与规划。

接下来的旅行，基本以境外为主，先是日本、韩国、泰国……这些亚洲国家。2012 年春节长假，我和两位好友决定去欧洲看看，因为武汉有法国签证中心，我们将首次欧洲之旅的目的地选在了法国，从签证到游玩全程自助。在巴黎的 8 天 8 夜，我们游遍了圣母院、卢浮宫等名胜古迹，租住在左岸公寓，像当地居民一样下厨逛市集；而后深入卢瓦尔河谷，度过了 3 天曼妙的古堡之旅，在中世纪庄园城堡欢度大年初一。11 天旅程，顺利安好，超乎预期。

我喜欢的一个作家曾说：欧洲是精神故乡。第一次赴法，对这句话我深有共鸣，从此，一发不可收拾，展开欧陆大地探索之旅。

2012 年 6 月，我拼上端午假期和年假，再次去欧洲，这回去的是英国，仍然是自己办签证，淘特价机票，找住宿场所，制订行程，在伦敦、湖区、巴斯、剑桥度过了美妙的 10 天假日。

2013 年 6 月，我再次拼上端午假期和年假，去了意大利和法国普罗旺斯。到威尼斯看双年展，到佛罗伦萨寻找心中的翡冷翠，到罗马沿着奥黛丽·赫本的足迹漫步……这一趟，在好友的鼓励下，我还进行了一项全新尝试——租车自驾游法国普罗旺斯，学会了在国外自助缴过路费、自助加油，既开眼界，又长技能。

不知不觉，上班这10余年间，利用大大小小的假期，我已走过10多个国家，有的是多次前往。我没有环游世界的雄心壮志，但我会一直走下去，尽可能地多看看这个世界。当自己老得走不动路坐在躺椅上回忆往事时，能骄傲地说：我拥有丰富的一生，多么酷！

也许你会觉得我站着说话不腰疼：一个大龄剩女，没有家庭拖累，当然可以自由潇洒，无牵无挂地到处跑，我们有孩子、老人、家务，哪有时间走得开？

其实，人生每个阶段，都有走不开的理由。你今天被儿女、老人束缚了，

在英国湖区的超市买菜

巴黎左岸公寓的小阳台

明天也会被孙子、重孙绑住双脚。也许你从来不会发觉，很多时候是你自己不肯暂时放手。

常常和我结伴同行的一个闺密，有老公、孩子、公婆，她仍然能在春节跟我一起去法国。她老公开车接送我们去机场，从头至尾没有抱怨一句：大过年

的，别人往家里赶，你们往外头疯。他理解团圆饭随时可以吃，假期不是天天有。甚至她上幼儿园的女儿，也说出令我惊讶不已的句子："我最崇拜我的妈妈，妈妈对我的爱，让我有了坚持梦想的力量。"为了感谢婆婆帮她带孩子，她特别给老人安排了一次柬埔寨全家游，双方皆大欢喜。

还有一位好友，每年会抛下老公、孩子，独自远行。她说，在婚姻里待久了，不安分的女人选择出轨，聪明的女人选择出门。换个地方，独处几天，感触一下，再回到现实中来。一个女人若能在生活中自如地行走，她就不会怨气连天。何况，离开几天，丝毫不会影响家庭生活。

我这些热爱旅游的姐妹们，看似有些任性，其实个个充满生活智慧。她们见识广阔，谈吐有趣，她们没有整天围着老公孩子问："今天要吃红烧肉还是清蒸鱼？"同样赢得爱和尊重。需要她们秀厨艺忙装修时，她们一样很能干，很出色。

"虚位以待"，何不来一场说走就走的旅行

你乐意把时间花在什么地方，时间就回报你什么样的乐趣。

有些人下班后，愿意追赶拖沓冗长的电视连续剧，有些人喜欢在麻将桌上忘掉忧愁和烦恼……我并不觉得旅游比这些爱好高级多少，只要自己喜欢，愿意为心头所好付出，时间挤挤总会有的。

并非有钱就有精彩

说了这么多，大家最关心的应该还是旅行花费。"旅行的钱从哪里来？"也是常常困扰我的问题。即便你对旅游有再多热情和向往，没有钱，寸步难行。

好在看我文章的读者多是成年人，一般有稳定的工作和收入。一年中，拿出一两个月的薪水或是一次年终奖，奖励自己出去旅行一两次，并不是什么过分奢侈的事。

在自己的能力和承受范围内，听从内心的声音，做自己想做的事，过自己想要的生活，是我坚守的价值观。我很庆幸身边有很多跟我志同道合的朋友，我们都没有很多钱，但我们都愿意把自己的大部分积蓄拿去旅行，把出门看世界当作自我投资。

见得多了，会分辨出什么是真正的美，一个人学会了审美，离丑的东西就会远一点，见到新奇的事，就不再大惊小怪、咋咋呼呼。"心胸宽广，淡定从容"，是旅行送给我的最好礼物。

人，尤其是女人，很容易冲动消费，会买和自己身份并不匹配的名牌包包和首饰，会办各种不会使用几次的健身卡，会报去过一次不会再去第二次的烘焙班……却可能不会自己掏钱出去旅行一次。

也许看起来，旅行比买东西烧钱，但只要合理规划，一年去一两个自己想去的地方，也不是什么可望而不可即的事。要知道，一个中国城市街头最常见的普通款 LV 包包正牌价，足够你去一趟欧洲。

长途旅行，主要花费是交通和住宿。在机票促销季或提前 3 个月到半年购买机票，通常会有低折扣。比如我去英国那年，英国航空做活动，上海到伦敦往返机票 2600 元。我从国内到欧洲往返一次获得的机票积分，又可以兑换一张国内段机票。

我有一对好友夫妇，他们在 iPad 上下载了所有航空公司和星级酒店的客户端，办齐了积分卡，只要接到优惠推送，就关注。因为一些航空公司和酒店集团积分可以通用，比如星空和天合联盟、达美和大韩合作，他们用积分不花钱从经济舱升至商务舱；用两晚 800 元光明万丽酒店积分换到一晚拉斯维加斯价值 6000 多元的万豪居家酒店（Residence Inn）住宿；后来又用积分将纽约曼哈顿下城的五星酒店免费升级到行政套房。截至目前，两人已经用很低的价格在国外住过洲际、希尔顿、铂尔曼等无数高级酒店。

还有，只要你上网，一些大大小小的论坛，总会有乐于分享的旅游达人，贡献自己的穷游锦囊、省钱攻略。多搜集此类信息，做个有心人，你会发现，出一趟国的性价比，远远高于去三亚、云南，普通上班族也负担得起。

关于如何省钱、如何赚钱，我谈不上什么经验。有次采访蔡澜先生，他说："打一份工不够，打两份，打两份工不够，打三份。"我的原则是，想去哪里，在自己的时间和预算都允许的条件下，就去。基本是想去就去，说走就走，从不纠结。平时我不买奢侈品，不穿名牌，不逛商场。别人花 20000 元买包包，我拿这个钱去趟欧洲。包包会过时，旅行获得的成长经历，没有谁能夺得走。这并非"酸葡萄心理"，如果我的钱足够多，我也可以两样都选择，也可以飞得更高，走得更远，这不矛盾，如果只能选其一，我就选能力范围内可以到达的地方。

旅途中，我很少购物，但从不吝啬花钱去吃当地特色美食，住当地有故事的老房子，我觉得这些体验是比钱更有价值的人生宝贵财富。在东京，我早起冒着风雨去筑地市场，吃人气超旺的大和寿司；在威尼斯，我歪打正着误入一家意大利餐厅，吃到最正宗的海鲜大餐；在巴黎、伦敦、罗马、卢瓦尔河谷、

不论穷游还是奢游，只要你愿意迈出第一步，你都可以走得很远......

普罗旺斯、托斯卡纳，我住过梦想中的公寓、童话中的城堡、庄园里的别墅。这些写出来似乎有点吓人，但其实这种"高端"旅行并非想象中那样高不可攀。

很多时候，时间和钱，是我们给自己预设的困难和借口。

并非有钱就有精彩。有些人纵使腰缠万贯，也会抱怨生活无趣，不知道日子怎么过才充实。有些人没什么钱，却活得有滋有味，言行举止得体大方，品位一流，懂得疲惫的时候，找间环境好的咖啡馆，喝杯下午茶，透透气，只不过一杯二三十元的咖啡而已，再穷的人也喝得起。

说来说去，还是看每个人的生活态度和价值观，先弄明白自己想要什么，才有机会拥有想要的生活。

所以，现在不妨静下来问问自己，内心最向往什么，是否真的需要旅行，是否真的认为将钱和时间花在旅途是值得的。

如果你的答案是肯定的，只要你愿意迈出第一步，不论穷游还是奢游，你都可以走得很远。

旅途最"艳"的遇

说来这是大约 10 年前经历的事，我和闺密刘妹妹去上海玩，住在东平路 9 号上海音乐学院附中。

附中招待所平淡无奇，但它四周载满前尘往事的传奇老房子深深吸引了我们：那里曾是上海法租界中心，校门左边的老洋房是宋美龄当年的陪嫁"爱庐"；右边的三角街心花园，有俄国人为普希金竖立的铜像；街角斜对面白色古堡式的别墅，是白先勇小时候的家。

有天早晨，我们从东平路左拐散步到衡山路，看到一家铁栅栏里的大花园，粗壮的香樟树枝探出墙来，挡住了我们头顶的阳光。

我有种似曾相识的恍惚，脑海灵光一闪，想起陈丹燕《上海的风花雪月》中提到过"沿着衡山路走十分钟"，可以见到"上海如今最大的私家花园"，花园主人徐先生，一个人守着祖上留下来的宅子，靠画画维生。

走到大门口，看到紧闭的黑漆木门上，果真写着"徐宅"。另一边写着"周宅"，还有好几个门铃。我们鲁莽地摁了其中一个门铃，没见动静，又摁响另一个，像两个恶作剧的顽童，正踌躇着要不要逃开，门突然拉开条缝，一个中年女保姆探出头，问我们找谁。

"徐先生在家吗？我们想参观他的画廊。"不晓得哪来的机灵和勇气。

保姆去回话。

还没回过神，一个面容清瘦和善的老先生走出来，他就是徐先生。

听说我们从武汉慕名而来，老人非常热情，告诉我们家里下午有舞会，来的都是老上海大家族的后代，正好让我们见见"老克勒"（上海话：旧日上流绅士）。

我和闺密开玩笑说，这真是旅途最"艳"的遇啊。

徐先生带我们到他的大客厅，说他刚起床，得去洗个澡，我们可以先自由参观。

徐先生的宅院面积据说近 5000 平方米。其中，会客厅是独立的一栋灰砖

音乐学院附中四周载满前尘往事的传奇老房子

美式平房，兼作画室和家庭舞池。墙上挂着主人创作的水彩画，壁炉、钢琴、沙发依次排开，所有摆设，老旧简朴，无关奢华。透过双层柳桉木地板和落地窗外的大草坪，隐约可窥见从前的气派。

这时，徐先生穿着粉色衬衣、头发梳理得一丝不苟回到客厅，他打开BOSE音响，放自己编辑的曾流行于20世纪初的西方音乐给我们听。

《田纳西华尔兹》旋律响起，他环抱手臂，陶醉地半闭上眼睛，手指向空中一伸，说他或许重复过千万遍的话："从这里开始，第一步滑出去，长裙子一张，那是何等滋味。"

舞客们陆续过来，都是上了年纪的人，慈眉善目，看不出什么家世出身。和着爵士乐，他们摇摆起来，如鱼得水，风度翩翩。

那一刻，时光流转。我们两个不速之客，宛如穿越时空隧道，得以一窥心中向往的旧日光景。在心底惊叹，世事变迁，"老克勒"的舞步，依然没有走样。

2010年6月，我去上海看世界博览会，再次来到宝庆路3号——徐先生的家。紧闭的大门挂着与老花园洋房有些不相匹配的牌匾，显示它已归某房地产集团所有。不知道徐先生后来住在哪里，有没有大客厅开家庭舞会？

2014年冬天，从网上得知他去世的消息，不胜悲痛。这么多年过去，我依然记得他跟我们说过的话："我对别人好一点，上帝也会更爱我的。"

东平路 9 号上海音乐学院附中

徐先生家花园一角

有 一 种 闺 密 情 深 ， 叫 结 伴 旅 行

和我朝夕相处九年的闺密刘妹妹，要去另一个城市工作生活。当她确切告诉我这个消息的那一秒，我当即行动，买了两张周末去杭州的高铁票，邀她去我们向往已久的安缦法云，赴一场下午茶之约。

不想把离别搞得那么伤感，就用一次说走就走的旅行，再积攒些共同的美好回忆。

安缦法云，是我们几年前就向往的一家私密度假酒店，隐藏在杭州灵隐寺旁的法云古村。村子有1000多年历史，被全球顶级精品酒店集团安缦看中，村舍也因此被改造成了低调迷人的酒店。酒店开业时，在网上看到图片的第一眼，我和闺密就心动了，期待什么时间能去住一晚。当时一晚上两千多元的价格，让我们的计划搁浅，几年过去，眼看着房价涨到五千多元一晚，遗憾经济基础与上层建筑始终严重脱节。

对心心念念的安缦法云，我们改变了体验思路：住宿价格超出我们的承受范围，但是完全可以去喝一杯下午茶。

很多"高大上"的酒店两人下午茶套餐都不足两百元，这是我体验过大大小小精品酒店后发现的秘密。再高端的会所，下午茶都很亲民，大多数人都消费得起。所以，我和闺密能底气十足地奔赴安缦法云。

抵达杭州，碰上大雨，烟雨迷离中，步行穿过白乐桥、灵隐寺，沿着遮天蔽日的林荫小道，走了好长一段路，拐了好几道弯，才见到山谷深处的安缦法云真面目。

被寺庙和茶园环绕的法云古村，竹篱房舍沿溪流而建，流水淙淙，绿树参天，空气里笼罩着安静禅意，遗世独立。

我们有备而来，特意穿了改良旗袍、中式长衫，撑着透明雨伞，搭配这世外桃源般的古朴氛围。

在通往和茶馆的主干道法云弄，请路人给我们拍了合影，那个画面令我自恋地想到戴望舒的《雨巷》，宛若悠长悠长的雨巷，真的走来丁香般的姑娘……

在结伴走南闯北的旅行中，我们学会了随时随地转换频道，入乡随俗，自然融入当地风景。你说这是矫情也好，做作也罢，反正我们乐在其中。生活不该只有一种状态，在不妨碍他人的前提下，为何不任性地取悦自己一下？

到安缦法云和茶馆落座，说实话，有点小小失望，点心一般，茶也无甚特别。看到服务员松松垮垮的模样，有些怀疑到底是不是安缦集团管理培训出来的，还有厕所，脏得不像话，丢尽外表奢华的面子。但环境氛围实在好，古色古香的木窗，意境清雅的字画，有我们欣赏的人文气息，又有让人放松的乡间野趣，在此喝茶的意义，就是获得一份自给自足的圆满。

住不起安缦法云，我预订了一间小而美的客栈——蜜桃小院。客栈在法云古村不远处，同样隐藏在山谷中，有非常漂亮的院子，院里种满花草树木。院子尽头的两层小楼，白墙木窗，玻璃回廊，有日式庭院的简洁范儿。

小院只有五间客房，分别唤作天、光、山、云、树，格局景观各不同，我们入住时只剩下"云"空着，就随遇而安，乐享"云端的日子"。

房间每个细节，都能看出主人的好品位。MUJI（无印良品）的亚麻床品和窗帘，乳胶床垫和枕头，木制茶盘和白瓷杯，雅马哈音响，书桌摆着小津安二郎的随笔《我是开豆腐店的，我只做豆腐》，格调并不比安缦法云差，房费却不到其四分之一。这样的选择，令人惊喜。

我们爱极了这个美学质感无处不在的"家"，窗外大雨如注，刘妹妹和我坐在一楼玻璃长廊喝茶聊天，眼前绿植青翠，远山雾霭朦胧，我们都憧憬的"岁月静好，现世安稳"，在此情此景找到了最佳注脚。

蜜桃小院附近有家做日本料理非常有名的餐厅"木木亭"，晚上我们踩着夜色冒雨寻过去，日本大厨主理的美食，又给我们添了一份惊喜。

周日早上睡到自然醒，再轻车熟路到安缦法云散个步，到山脚的茶农家吃一顿农家饭，打道回府。

没有伤感和不舍，只有视觉、味觉、心情的无限满足和愉悦。

闺密间相似的生活态度和价值
观，会彼此影响，共同成长，一
起修炼分享获取幸福的能力

　　我不确定和刘妹妹这样说走就走结伴前往的旅行，今后还会有多少，但至少相识这些年，我们在天南海北储存了足够多的美好记忆，可以回味无穷：我们一起去过浅水湾，一起看过睡美人城堡放烟花，一起在西藏纳木错朝过圣，在普罗旺斯薰衣草田徜徉过，在大理杨丽萍的太阳宫喝过下午茶……我们从没有停止旅行，读书，看自己想看的风景，吃自己想吃的美食，住自己想住的房子，滋养内心。

　　因为知道自己需要什么，所以，这些年来，我们坚持听从内心声音，不随波逐流。身边常有人觉得我们在浪费自己的青春，可是我不觉得可惜，我们不是急吼吼的恨嫁女，在自己能力范围内，过自己想要的生活，恬淡、从容、充实、阳光，品尝了很多人也许一辈子也不会体验到的丰富和快乐。

　　钱钟书先生说，"旅行最看得出一个人的人品"。我们不迷恋名牌，花不贵的成本穿裁缝量身定制的应景衣服，一样干净清爽，得体大方；我们不烫头发，不做美甲，不买奢侈品，却总是面带微笑，相信相由心生；我们并不富有，但从不吝啬为自己的热爱埋单，不为钱挣扎计较，上班时间踏踏实实工作，假日时光快快乐乐生活。相似的生活态度和价值观，让我们彼此影响，共同成长，一起修炼和分享获取幸福的能力。

　　这样的闺密情深，如我们，就是结伴去旅行……

看平常日子如何开出幸福之花

世界读书日那天，有朋友要我推荐几本书，于是应景分享下人生旅途中深深影响我的两本书。

第一本是我上大一时读过的《上海的金枝玉叶》，看第一遍就无比喜欢，至今10多年，几乎每年都会抽出一段时间重读，书中很多细节不知不觉都能背下来，潜移默化地影响着我的三观、性格、审美，以及现在的生活方式。

这是陈丹燕给美丽的老上海女子戴西（郭婉莹）写的传记，戴西是当年著名的永安公司（现华联商厦）郭氏家族四小姐，"曾经锦衣玉食，应有尽有。时代变迁，所有的荣华富贵随风而逝，她经历了丧偶、劳改、受羞辱打骂、一贫如洗……"最终，近九十岁高龄时，她还是端庄地微笑着坐在陈丹燕面前，"文雅地喝着红茶，雪白的头发上散发着香气。30多年的磨难，并没有使她心怀怨恨，她依旧美丽、优雅、乐观，始终保持着自尊和骄傲"。

49岁时，戴西被送到崇明岛农场接受劳动改造，清洗马桶是她每天的功课。她没有发疯，没有自杀，独自从劳改地回家的时候，会在马路边吃一碗八分钱的阳春面。多年后，她忆起那段光阴时，依然像回忆一朵清香的玫瑰，她说："那些绿色的小葱漂浮在清汤上，热乎乎的一大碗。我总是全部吃光，再坐一会儿。店堂里在冬天很暖和，有阳光的味道，然后回我的小屋。"

她从宽敞的花园洋房被赶出来，住在窄得只能放下一张床的亭子间，那样不堪的境地，她竟有闲情在阁楼用煤球炉子和铝锅，烤出彼得堡风味的蛋糕来。说来其中还曾有一段典故：戴西年轻时，去探望燕京大学同窗好友罗仪凤，罗的母亲康同璧（康有为之女）教她们用蜂窝煤炉子烤面包片，康跟她们说："要是有一天你们没有烤箱了，也要会用铁丝烤出一样脆的土司来。这才是你们真正要学会的，而且要在现在就先学会它。"

后来，我在香港的书店看到章诒和的《最后的贵族》，写康同璧母女那一章，也提到这段往事。《最后的贵族》正是影响我至深的另一本书。当时买回家，细细翻阅，被另一个细节深深触动。在政治动荡的年月，康氏母女吃稀饭

坐销平凡岁月于精致的生活艺术中

馒头，节俭度日，女儿罗仪凤准备了6个巧克力铁盒装豆腐乳，王致和豆腐乳、广东腐乳、绍兴腐乳、玫瑰腐乳、虾子腐乳……一种豆腐乳放进一个铁盒，一天拿一样出来吃，这样一周每天尝的味道都不同。罗仪凤这样解释："用豆腐乳的汤汁抹馒头，最好。这也就是我非要用巧克力盒子装它们的道理。"章诒和感叹："难怪康家的简单早餐，那么好吃。虽'坐销岁月于幽忧困菀之下'而生趣未失，尽其可能地保留审美的人生态度和精致的生活艺术。"

读这些故事时，我常常怀着羡慕，去遥想她们成长的年代。出身良好的女子，受过中西教育，性格开朗，从不抱怨，无论顺境还是逆境，都能像太阳一样驱散阴暗寒冷，发光发亮，她们总有办法活得有滋有味，让平常日子开出幸福之花。哪怕岁月流逝，她们也是优雅地老去，柔韧地过完精致的一生。

当我结束了学生时代，有了稳定收入，我开始在休假时到各地去旅行，我喜欢去看那些经济发达、文明程度高的国家和地区，欣赏那里的人穿什么衣服、

看平常日子如何开出幸福之花

用什么样的餐具、说话时有怎样的表情,一如欣赏书中的那些贵族女子。

我在日本的小酒店吃早餐时,被一碗点缀着芝麻的白米饭深深感动;在法国的乡村民宿,被客厅墙上主人手绘的画作牢牢吸引;在英国湖区的青年旅馆,被公共厨房灶台前看得见风景的落地窗彻底震撼……

旅途中的各种见闻,都印证着我读书时的体会,见过好的生活,会更懂得如何过好生活,让平凡的日子也能开出幸福之花。

窗前盛开的一束鲜花,草地上铺着的一张漂亮野餐垫,用好看的杯子冲泡的一杯茶,待人接物时一张真诚的笑脸……这些无关钱多钱少,懂得欣赏美好事物,生活才会进入良性运转的气场。你有趣,生活就有趣;你乏味,日子就乏味。

有了这些觉悟,在不旅行的日子里,我也时常会有度假的心情,坐销平凡岁月于精致的生活艺术中。

旅 行 也 要 穿 得 美 美 的

别人自助旅行前，会忙着做攻略，我是忙着买布料、做衣服。

掐指一算，这习惯已保持了 10 年。当我开始有了一些旅行经验的时候，我发现，穿跟当地环境搭配的衣服出门，自然得体地融入旅途中的各种场合，是一个好游客非常有必要做的事。

每次旅行前，我会根据当地的建筑风格、时令气候、人文氛围，或通过看与当地有关的电影、小说得来的灵感，搭配好此行每一天要穿的衣服。

刚开始，多在商场、小店买衣物，后来突发奇想，自己找布料、设计样子、找裁缝做，感觉更合心意，且性价比更高，就开始了量身定制之路。

比如，去日本，我通常会穿中国风的衣服，日本有很多仿中国唐代风格的建筑，穿一件改良旗袍走在其中，会有种穿越的感觉。后来多次去日本，照例穿改良旗袍与极简棉麻衣衫，有回还配了双手工绣花布鞋，从吉野山到奈良到京都，一路上不时有偶遇的当地人，指着我的衣服鞋子说："卡哇伊！"

去英国乡下旅行，我带了风衣、宽檐帽，还有按《傲慢与偏见》《唐顿庄园》里的剧照做的长裙，自我感觉很英伦范儿。穿着剧照中的英伦长裙去逛简·奥斯汀故居，去露天花园喝下午茶时，瞬间感觉戏精上身，仿佛自己变成了《傲慢与偏见》中的伊丽莎白或《唐顿庄园》中的贵族大小姐 Mary，平日里不敢释放的天真和矫情，找到一个释放的出口。

秋冬去法国，我的行李箱里永远会装满材质上乘的羊绒大衣和羊绒连衣裙。因为在欧洲街头，很难看到穿膨胀羽绒服、裹得像棉花糖一样的路人。穿一件轻薄柔软的羊绒衣衫，总不会出错。永远不会忘记，那次去尼斯一家米其林餐厅吃饭，同行的一位大姐，穿着连帽衫运动鞋，被门童拒绝入内的情景。在优雅到骨子里的法国人眼里，好的进餐环境，需要每个食客来营造。可能有人会说法国人太傲慢，但是其对待生活的精致态度，却似乎无可厚非。要赢得当地人尊重，我想，先学会随时随地做个得体的游客很重要。

对我而言，旅行是一次次全新体验，也潜移默化地改变了我的审美品位，以及对穿衣打扮的看法。

刚开始去国外旅行时，我从没想过要备件礼服上路，我觉得这样华而不实的服装，离我的人生很遥远。直到有次跨年夜，在法国香槟区的一个小村庄迎新年，看到餐厅里全是身着精致礼服的老先生老太太，才发觉即使普通人的生活，有些场合也需要穿着考究，隆重度过。

尽管这样的时刻，不是我们普通人的生活常态，但我总是不遗余力游说身边人为拥有这一刻做些小小投资，人应该学会偶尔尝试给自己高贵一点的生活，

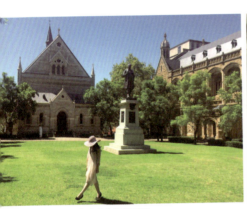
2015 年春节在阿德莱德

2016 年春节在洛杉矶

我们都值得以更好的状态，面对这个世界。

平日里，我很少逛街购物，也很少花时间研究穿衣打扮，我现在穿的衣服，90% 是自己买布料，找熟悉的裁缝做的，样式都极其简单，面料也很单一，春夏真丝，秋冬羊绒，每件都可穿到 80 岁。

去过的好地方越多，穿过的漂亮衣服越多，人反倒会越来越踏实淡定，懂得如何收放自如，在现实和理想中转换角色，让旅行和生活在得体的穿搭中焕发出更加美丽的颜色。

北海道
ラベンダーのなつ

2015 年夏在北海道

旅 行 ， 随 遇 而 安

在优山美地森林木屋，自己做晚餐

　　"五一去哪里玩最好？"

　　"下月准备休年假，你说，我去哪里玩好？"

　　每当节假日来临，就有人问我，该去哪里玩。其实，我是个喜欢凭感觉走的人，在我的意识中旅游从来没有模板，玩法也因人而异，随心而行，总会自得其乐。很多时候，我真心觉得，去哪里并不重要，重要的是，与谁同行。或者将丰子恺先生的名言"你若爱，生活哪里都可爱"套用过来讲："你若会玩，哪里都好玩"。

　　虽然这话听起来不免有心灵鸡汤的嫌疑，却是我亲身经历取来的旅行圣经。记得2016年春节，我和两个闺密小小莎、杨洋去美国度假时，从旧金山开车到优山美地。高晓松曾在《晓说》中吐槽过这个地方："优山美地，中文翻译得特别好，其实大家别上当，那儿其实就是一地儿，叫 Yosemite，但不知为什么翻译成中文这么好听——优山美地，你去了就会发现全是大秃山，什么也没有，只有各种徒步背包的人跑那儿去，我去过一趟，差点渴死在上面。"

优山美地是美国首个国家公园，以巨杉、冰川、内湖闻名于世，与我们美西之行要游览的旧金山、洛杉矶等地一样都位于加州。规划行程时，我们想：感受过繁华都市，也要与大自然来个亲密接触，就预订了两晚优山美地森林木屋。

森林木屋的订房说明写得很清楚，周围只有森林，冬季会有雪，木屋没有服务员，屋内有壁炉、厨房，需自备好干粮，自己按密码进门。

我们花一上午在旧金山的超市买了菜和酒，塞满后备厢，怀揣着对木屋、白雪、壁炉、森林的浪漫想象，上路了。

开车一直到黄昏，才进入优山美地山谷，道路两边堆满厚厚积雪，手机导航突然信号全无，我们在冰天雪地中拿着打印的简易地图，轮换开车，向偶尔路过的铲雪车司机、车子出故障等待救援的陌生人问路，终于安全抵达木屋，这时天已漆黑。

早晨还在旧金山大宅子里装扮沙龙女主人的我们仨，立即切换到荒野求生的女汉子模式，互相协助扛行李上楼，一起下厨做饭。

细心的小小莎，还专门从国内带了围裙。谁说做饭会让人变黄脸婆，我们站在灶台前，抢着切菜，都自我感觉良好，彼此夸赞，这才是真正爱旅游的人应有的样子，能煎能煮，能文能武，能屈能伸，能吃能买。

第二天，天气放晴，依然白茫茫一片，确实没什么可玩的。

杨洋从室外取了冰川融水，带回木屋静置一下午，用随身携带的极光之美银壶，给我们泡黄山毛峰，因为优山美地和我国黄山风景区曾结为友好公园，这席茶也别有滋味。

在高晓松"差点渴死"的大秃山里，我们有酒有肉，品茶谈天，相谈甚欢。

放下酒杯、茶杯，小小莎还兴致勃勃地出门拍摄星星。

一个朋友说，她最欣赏的人，就是"随时随地，有滋有味"的人，无论周遭环境如何，都有办法找到点缀生活的小情小趣。而我呢，幸运地自带良性气场，总能与这样的人结伴同行。

并不是说我和我的朋友们多么会玩，想说的是，当我们踏上旅途，不是光盼着去寻找诗和远方，而是以一颗平常心看待旅行这件小事，懂得随遇而安。

旅行中的感受，其实，离不开平时的各种积累。在不旅行的日子里，尽量多读书，才能知道那些风景名胜背后的人文故事，尽量多掌握开车、游泳、外语等生活技能，才能自驾看到那些公共交通不发达地区的美景，才能尽情享受那些配套完好的酒店免费提供的泳池健身房，才能跟当地人无障碍地交流……

租住的森林木屋

所以，不要再追问别人去哪里玩好，不要盲目跟风追赶别人的脚步。从现在开始，如果你的假期没有出游计划，在家看看书、做做饭，或是学学摄影、品茶、品酒、插花，也挺好，毕竟旅行不是生活的常态，待在家里才是，先去体会眼前那些微小的快乐和幸福，才能感知漫漫人生旅途中更多风景的美好。

你在家里的生活过得越好，学会的东西越多，以后到了任何其他地方，你的收获才会越多：遇到好玩的事，你不会喊着遗憾错过，应对未知的事，也不至于无助慌张。

于优山美地看繁星满空

总 有 一 些 美 好 ， 在 不 远 处 等 你

有时我会想，我为什么会成为现在的模样？为什么去了那么多地方？为什么坚持写了这么多年游记？对旅行的热爱和对世界的好奇，大概源于小时候喜欢阅读课外书籍，然而真正给我过去相对封闭的学生时代打开感知精彩世界的一扇窗，并鼓励我迈开脚步，一步步去实现心中梦想的，确是那些我曾经路遇的美好。

凯瑞亲手制作的陶艺作品

你想成为谁，就跟谁在一起

一直想写写我和凯瑞的故事，迟迟没有动笔，总觉得应该等待自己状态最佳时，慢慢回味，慢慢写。

我和凯瑞因文结缘。在我开始做微信公众号热情最高涨的那个时期，有一天我突发奇想，发了篇文章，说自己想找个环境优美的地方，办场读者见面会。凯瑞给我留言，说她家露台花园有200多平方米，足够我办场小型私人聚会，欢迎我随时带朋友去玩。

我和凯瑞就这样相遇了。她的家在顶楼，复式结构，有超大的户外露台，露台被她打造成了妙不可言的空中花园，种满鲜花、蔬果，此外，露台上还有用德国进口材质搭建的一个健身房。那天，她现摘现炒了丝瓜、青椒，用从日本买回来的精致餐具盛放着，端出来，放在正对湖光山色的长桌上，然后打开音响，放着蔡琴的歌，当佐餐背景。

凯瑞的油画，经常会被策展人拿去参加中国香港、韩国等地的专业画展

我们吹着微风，听着音乐，边吃边聊，聊旅行、美食、艺术、服饰、书籍，想到什么聊什么。她视野开阔，谈吐风趣，我们初次见面，丝毫没有冷场的尴尬，就这样坐在阳伞下，开怀说笑，像在演一部浪漫文艺、闺密情深的电影。

后来，她请我参观她的房间，我看到客厅墙壁上挂着几幅赏心悦目的油画，书桌上随意放着书法手稿，忍不住问她：你是艺术家吗？她说她是学工科的，退休前是工程师，油画是自己画的，只是业余爱好，毛笔字是先生和女儿写的，书架上还有张可爱混血宝宝的照片，是她的小孙子。

我完全没想到她已当奶奶，她比我妈妈小两三岁，看起来典雅高贵，一如我之前在朋友圈见到的照片中的她：一袭质地精良的黑色长裙，头戴一般人很难驾驭的黑纱宽檐帽，站在一幅油画前，像欧洲古典画册中走出来的贵妇，气质非凡。是凯瑞，让我真的相信了，其实优雅从来都与年龄无关。

凯瑞喜欢画画，无师自通，她的油画经常被策展人相中，拿去中国香港、韩国等地参加专业画展，她还是中国女摄影家协会会员。

2015 年冬天，凯瑞受意大利文化部邀请，到意大利罗马维多利奥国家美术馆参加展览，在受邀的中国艺术家中，她是唯一女性，她送去的作品，被意大利艺术机构永久收藏。

她家楼上有个画室，每有新作完成，我就有机会先去欣赏。她的画风色彩明快，富有张力，我从事文字工作，很能理解"文如其人"，她的画，亦如其人，只有内心明亮的、柔韧的、奔放的人，笔端才能流淌出如此别具一格的诗意大气。

凯瑞喜欢读书，有天晚上，她一人在家，喊我去吃晚饭。我到时，她正在看书，我问她看的什么书，她翻开封面给我看，是《自由的阶梯》，一本讲美国民主文明的札记，她说女人无论到了什么年纪，都要保持阅读的习惯，与时俱进。

凯瑞喜欢旅游，她喜欢泰国，喜欢欧洲，一年中会和家人去泰国数次，只为住住精品酒店，她说她看重的并不是好酒店的奢华，而是设计、细节，充满美感和质感。她去欧洲旅行，会精心挑选跟当地氛围相匹配的衣服、鞋子，不忘随时随地地保持优雅。

凯瑞乐善好施，交游广阔，我常看到她张罗各种聚会，她那些钢琴家、教授、国家级古琴大师、著名收藏家、职业画家朋友，都把她家当成艺术沙龙。

跟凯瑞交往，对我而言，就是一种美的熏陶。

有天我跟她说，我突然很不想写稿，看着自己投入了很多时间和精力的微信公众号就要荒废，凯瑞鼓励我说，你写完稿子，给自己倒杯红酒或好茶，到阳台上看看星空和月亮，奖励下自己。又补充一句，人的很多美好感受，都是自己创造的，只有自己清楚怎么满足自己，别人替代不了你。

她说得极其自然，一点儿也不矫情，她就是这样一个人，自己活得美好，也能让身边的人感受到生活之美。

与凯瑞的相遇，让我觉得在这个世界上，一定有一些看似不经意的美好在

做一个灵魂有香气的女子，淡淡地，只闻书香

不远处等着你，只要你相信，总会遇上。懂得种植美好的人，随着年龄的增长，优雅只会沉淀得更多。

见过大世面的女孩格外美

不知你有没有发现，身边爱旅行、见多识广的人，都有一种与众不同的美。小小莎就是我的朋友中，不光美得赏心悦目，而且美得让人心悦诚服的一个姑娘：她气质出众，衣着得体，会多种语言，在韩国做过交换生，在美国的大学工作过，在泰国做过乡村支教志愿者。现在是大学对外汉语老师，还兼职做旅行体验师。

我是在曼谷的"世界旅游博主交流大会"上，与小小莎一见如故，看她写的游记，文笔好，三观正，图片唯美精致。她摄影技术好，尤其是单反自拍，功力一流。

记得我们一起从曼谷到泰国乡下的旅途中，她背着沉重的单反相机，我拿着小卡片机，我们聊到摄影，她说："我想有质感地记录自己的生活。"这句话突然就击中了我。

我在传统媒体从事文字工作多年，长期以来，我对摄影的理解，就是配图。虽然我经常出门自助旅行，但是总肤浅地认为拍照不过是记录下到此一游，从没想过要好好研究摄影，更遑论提升自己的摄影技能。

直到我看到小小莎拍摄的照片，我们同在一个地方，不同视角，不同设备，不同摄影水平，拍出来的效果，实在是天壤之别，我方如梦初醒：她才是对生活精益求精的人，我过去活得好潦草。新媒体时代，摄影作品直接流露一个人的审美素养，我却傻而不自知地在社交媒体分享渣图，这太可怕了。

同时彻底刷新我落后观念的，还有听到小小莎跟老外毫无障碍地用英语交流，以前我觉得，外语不好并不影响出行，即使我去过近 20 个国家，也只满足于搞定吃住行日常对话。小小莎则可以用标准流利的英语跟老外畅聊人生，同样的旅途，她的收获无疑更多。

泰国之行后，我豁然开朗，人生每一个阶段，都应该遇见高手，追求进步，思维和眼界才会从固化的状态中打开。

值得一提的是，小小莎还超级勤奋，晚上通常我睡觉了，她还在修图、写稿。

她写过一篇《三十岁女人的行走梦想》，有段话给我印象深刻："大家看到的，就是美好的照片，有趣的电视节目，图文并茂的游记攻略。可是所有看起来毫不费力的背后，都有不为人知的付出与故事。"

不到半年时间，我亲眼看到她在完成大学教学工作之余，飞速实现了一个又一个梦想：自己装修公寓工作室；创办独立女装品牌；当上 Airbnb 房东；学会无人机航拍；受邀参加了一场又一场旅行体验活动；在直播平台开办英语直播节目，坚持每晚准时开课，我看到有个粉丝的评论："所有网红直播都靠脸，只有小小莎老师是靠教英语和分享有价值的内容。"暑假最热的天气，顶着 40 摄氏度的高温，她仍未停止户外工作。

真心觉得这样的朋友，是一面很好的镜子，既能照出自己的不足，又能一起进步。

和小小莎往来密切后，我越发觉得，优秀和美，其实是一种习惯，热爱生活，见过世面，对自我要求高的人，真的会格外美好，令人心悦诚服。

说到见世面，她分享给我知乎上的一个观点：什么算是见过大世面？会讲究，能将就，能享受好的，也能承受坏的，见过世面的她们，自然会在人群中散发出不一样的气质，温和却有气量，谦卑却有内涵。住得了五星酒店，也睡得了雪地帐篷。能穿着高跟鞋优雅地穿行于都市，也能背着几公斤的相机漫步荒野。走过多少路，遇见多少人，最终你会看到自己，你慢慢解放、包容你自己，发现你的气质来自于发自内心对自己的热爱。

这段话，简直就是对小小莎的真实写照。现在，我也开始重新思考，我想见怎样的世面，过怎样的生活。有时，我甚至想，不光爱情要讲门当户对，友情也要讲究能量匹配，比你美、比你有天赋、比你年轻的人都还在努力，你还敢得过且过吗？

和"失散多年"的姐妹相遇在澳大利亚

我说过自己偏执地相信，相由心生。多年前，我在微信公众号发布澳大利亚结伴游邀约，杨洋来报名，看到她的第一眼，我就心生好感，姑娘言语真诚，声音甜美，听她自我介绍，是播音主持出身，做过电视新闻主播，说来，我们还算半个同行，简单交流后，顿感相见恨晚。

我们如约相遇澳大利亚，住在酒店公寓，室友自由组合，我和杨洋住到了一屋。公寓有厨房、客厅，我们自己做早餐，邀请所有小伙伴来进餐，杨洋主动下厨。因为人多，她前一天晚上牺牲休息时间，做准备工作。她身穿真丝长裙，动作娴熟地切番茄、点火，熬出一锅香喷喷的番茄酱，说："明天微波炉加热就可拌意大利面。"那一刻，她在我眼里好加分，原来连"厨娘"都可以当得这么美。

之后，她变魔法般地摆出一个茶席，邀姐妹对饮。茶叶、杯子，是专门从

专注茶艺的杨洋

国内带来的，她很有心，给同行的小伙伴们每人备了一个专用茶杯，杯子底下印着"杨洋监制"四个字，据说是特意去景德镇烧制的。这样的小举动，实在暖人心。

她跟我聊过她的一个梦想，将自己喜欢的旅行和茶艺结合，开办品茶、插花、餐桌布置等一切与风雅情趣相关的游学沙龙，和热爱生活的朋友分享美学之旅，随后的两个月内，我跟她一起折腾，居然真的把这个梦想变成了现实。

辗转流年，她和她们，之所以活成了人群中不一样的模样，只因那颗年少不将就的心。

总有一些美好，在不远处等你

坚持旅行、分享和写作，让我生命的价值，不知不觉得到放大……因为坚持在自媒体上分享旅行心得和原创游记，我偶尔会收到来自旅行网站、星级酒店、航空公司、国外旅游局或领事馆的活动邀请，得到一些免费游玩的机会。

这一切，让我更加相信旅行和有诚意的分享，可以创造奇迹。

2015 年 10 月我应邀到泰国参加"2015TBEX 世界旅游博主交流大会"，TBEX 即 Travel Blogger Exchange，过去每年都是在欧美举行，此次是第一次来到亚洲。我作为中国区受邀者，和来自世界各地的 600 多位旅游达人相聚曼谷。

我见到一群真正"可以经常免费到处玩"的人，他们有着各种各样的职业和令人称羡的生活状态：网络红人、畅销书作者、时尚买手、建筑设计师……有人身兼数职；有人辞职周游世界；有人结婚生子、家庭幸福；有人享受单身、独立潇洒。

从跟他们的聊天中我发现，大家无一例外都爱旅行、会摄影、会写作，知道自己想要什么，听从内心声音，执行力强，自律勤奋，并热心分享。我一点也不好奇，为什么他们拥有常人眼中不可思议的"经常免费到处玩"的机会，因为这是他们应得的、与之能力匹配的生活。

我好奇的是，每一个精彩人生背后，有过怎样的付出。

从踏上前往曼谷的飞机开始，我就试图寻找答案。

和我一起受邀同行的繁星姐姐，是上海的一位知名美食博主，一个小学男生的母亲。她每天出入各大餐厅、酒店，拍图，写美食点评，发布到网上，她将爱好做成了事业，与枯燥的办公室生涯作别，回家做了自由撰稿人。她并不是传统的家庭主妇，文科出身的她，自学国际贸易，早年跟着身边前辈学习股票和房地产投资，这些经历，让她财务自由，随心做想做的事情。

她跟我聊自己的理财经验，教我懂得了：经济独立，有一技之长，是一个对自己生活品质负责的人必备的素养。不受经济牵绊的人，才能飞得更高，走得更远，获取法律允许范围内最大的自由。即便是做自媒体，也可以不必那么急躁，从从容容，写想写的字，拍想拍的图。在繁星姐姐身上，我找到了我该努力的方向。

在 TBEX 世界旅游博主交流大会上，我还遇到了来自上海的 Maggie，她是本届 TBEX 分享会上唯一和老外同台演讲的中国旅游博主，说一口流利的美式英语，长相也非常具有国际范儿。虽然只是短暂的接触，我却能感觉到她身上满满的正能量，她热心地介绍国外旅游大咖给我们中国代表团的小伙伴认识，她说："越是乐意分享的人，越不怕别人抄袭他，因为成功的经验可以复制，但是他们的人生阅历和特长无法被复制。"

从她那里，我知道了一些世界顶尖旅行达人的故事：美国 70 后 Lee Abbamonte，去过世界上所有国家，曾是华尔街金融分析师，金融风暴后，一边兼职卖房，一边环游世界，受到全球媒体的关注和青睐；加拿大女生 Jodi Ettenberg，7 年前是个律师，现在背包走天涯，足迹踏遍世界的每个角落，她随遇而安，享受当下，是《纽约时报》《英国卫报》纷纷报道的对象……

你所看到的"不花钱的旅行"，不过是，生活给予有特长、有影响力的人的一种肯定。

告别晚会上，600 多名肤色不同，因爱好相同而有了交集的朋友，相聚在湄南河边，看烟花绽放。那一刻，我心底突然涌起想要落泪的感动。

也许，所有的成长，都是有迹可循的，当我们懂得如何听从内心意愿去成长，慢慢走近那些美好有涵养的人，我们的一生也正在被那些美的能量滋养。

正如曾在美国印第安纳波利斯邂逅的当地绅士朋友 Doug 所言："I always think that the problem with most people's boring lives, isn't that they set their goals too high and miss it. I think most people set their goals too low, and achieve them.（我一直认为，大多数人的生活平淡乏味的症结所在，并不在于他们给自己设定的目标太高，以至于太容易错过，而在于大多数人给自己设定的目标都太低，太容易实现。）"

我相信，心存高远，我们会走得更远。在这条不断努力、付出、积累、修炼、沉淀的路上，总有一些美好，就在不远处等着你。

DESSERT CAFÉ

Frona

Mae

在现实与憧憬间游走，总有一种
美好在不远处等着你